文芸社セレクション

ユッキーとフッチーの
ミステリー事件簿

岬 陽子

MISAKI Yoko

文芸社

目次

伊豆天城魔の恐怖ドライブ

ユッキーとフッチーのミステリー事件簿（第四話）チャプターI

「ネエ、母さんったらちょっと聞いてよ。
愛知県内の温泉施設ってネットで調べたら大小合わせ二百近くあるんだよ。この中から一つだけ探すなんて一苦労、沢山あり過ぎて何をどう基準にして選べばいいのかもサッパリ分からんわ！」

キッチンで晩御飯の後片付けをしていた母親の美也子(みやこ)は、聞き捨てならずと思わず手を止めた。

「エエッ？　何ですって？　豪華なフランス旅行の後に、次はひなびた温泉に行くの？
それにしても年寄り臭いこと。折角の婚活パーティーも失敗じゃあ益々縁遠くなる一方ね！」

額に皺を寄せ何度も溜め息を吐いている。

「もう、それは禁句だってば。でも今回温泉に招待するロベルトとユッキーはもしかしたらゴールインするかも知れないよ。図らずも私はその応援ってことで」

「ユッキーの応援って？　友情も深くなると、そんなものかしら？」

美也子の愚痴話にお構いなくフッチーはリビングのソファーに凭れ、頭を抱え込む。

小木原優紀(おぎわらゆき)ことユッキーと宮野楓子(みやのふうこ)ことフッチーの二人は三十代の同級生で大親友、旅行大好きな独身ＯＬである。

凡そ三年前に遡るのだが二人は大阪城巡りバスツアーに参加した。それもユッキーが趣味で通っている豊田市交流館、歴史講座主催の日帰り旅行で、ひょんなことから国際警察所属のフランス人刑事ロベルトと知り合う。

　その後ユッキー、フッチー、二人の協力のお蔭で彼は追っていた世界的な麻薬密輸組織団を一掃し逮捕、大手柄を立てられた。

　そのお礼にと今から二週間前に二人をフランス、ヴェルサイユへ招待してくれたのである。

　その裏事情には、ユッキーとロベルトの間に生まれた淡い恋心も重なっていたのだが。

　そして帰国後二人はそのフランス旅行のお返しに、ロベルトを我が愛知県の御自慢温泉へ招待する計画を立てることとなった。

　ところがテンションの上がったフッチーが「いいから大丈夫、私に任せて！」などと大見栄を張ったのはいいが、今は裏腹にその温泉探しに四苦八苦してお手上げ状態の有り様だ。

　ネットやその筋のガイドから取り寄せた資料の他に、父親剛吉（こうきち）の高校の後輩である旅行代理店豊田支部の専務から貰ったパンフレット類をテーブル上に山の如く積み上げていた。

　だがその様子を見兼ねてか美也子がフッチーに何かやぶ蛇話を持ち出したのだ。

「温泉ねえ？　そういわれても相談には乗れないけど静岡県伊豆市内の温泉ならどう？一泊旅行へ行けるわよ」

「エエッ？　急に何？　静岡県じゃなくて愛知県内でないと都合が悪いのよ！」

フッチーは突然の割り込み話につい苦虫を潰した顔になる。

「それがね。フッチーに頼まれて父さんが温泉案内のパンフレットを貰いに行った時、逆に専務さんから頼まれてしまったのよ。

『不動産屋から依頼されている伊豆の温泉付き空き別荘が、値段を破格にしても売れなくて困っている。

まだ十一月初めで紅葉には早いが人ゴミや道路渋滞は避けられて却っていいです。サクラでいいから今回企画された見学会に参加してくれませんか？

よければ近くの格安で食事出来る温泉旅館を紹介するから』っていうことらしいわ。

旅行好きなフッチーも行くのなら連れて行ってもいい。

どうせなら何時も世話になっている友達のユッキーも誘ったらどうだ、などと父さんは言ってるけどね」

「フーン、珍しくも節約家の父さんが旅行に行く？　しかも運転も旅行費用も全て父さん持ちでＯＫなのね？　しめた！　それならきっとユッキーも文句なし。大喜びで参加すると思うよ！」

先程の困惑顔も何のその、ソファから飛び上がって大はしゃぎ、実際のところ旅行が趣味の所為で殆ど貯金は０、費用そちら持ちとかなら大歓迎なのである。その点は気の合う親友ユッキーも同様だとよく知っていた。

「エッ？　温泉って愛知県じゃなく、どうして伊豆なの？　フーン、お父さんの運転で？それなら折角だし、土、日は特に予定はないから大丈夫よ。だけど親子水入らずなのに私までお供して申し訳ないんじゃない？」

晩方になってユッキーに電話してみると一応遠慮はしたものの、思った通り二つ返事である。

「本当は空き別荘見学が立て前ってことで、旧天城トンネルを抜けた天城峠辺りに四〜五軒点在してるんですって。勿論父さんは安月給で買えないし、その気もないのよ。ただの枯れ木の賑わい。でも専務さんに紹介されたその近く、本当は老舗温泉旅館の食事がお目当てなんだって」

「何〜んだ。そうなの？　私も以前その辺りを調べたことがあるけど伊豆には湯ヶ島とか熱川とかに、名泉が沢山あるのよ。それと今は昔と違って天城新トンネルが完成してるから旧トンネルは天城隧道とも言われてるわ。

確か中学生の頃、親戚の法事か何かで国道四一四号線を通った記憶があるわ。でも最近では素敵にリニューアルされたり、公園や道の駅も新設されてる筈、もう一度観光に行きたかったから楽しみだわ」

「それなら丁度よかったよ。じゃあユッキー、愛知県の温泉探しはその後ってことでいいね？」

「ウン、いいわよ。ロベルトも今はフランスに帰国中で多忙だというから慌てなくても大丈夫！」

成り行き上突然降って湧いた旅行話ではあったが、ユッキーも昔から宮野家とは家族ぐるみのお付き合いである、すぐに母親の光代（みつよ）から了解を取り、フッチーの伊豆行きに便乗させて貰う運びとなった。

「お早うフッチー、おじさん、おばさん、今日はお言葉に甘えて御一緒させて頂きます。どうぞ宜しくお願いします」

二週間後の土曜日だった。朝八時、一泊用の旅行ケースを手にしたユッキーはマイカーで宮野家を訪れた。

「アラッ、こちらこそ宜しくね。ユッキーも一緒なら楽しい旅行になりそうだわ」

美也子はセッセとワゴン車に荷物を積み込んでいたところだったが剛吉は既に運転席にいて夫婦共フッチー同様明るい笑顔で迎えてくれた。

運のよいことにお天気も上々雲一つない爽やかなドライブ日和になった。

「よし、全員集合だな？　それでは今からレッツゴーだ。

ナビを見るとまず新東名は豊田東インターだな。

登り口から入り静岡まで横断、それから沼津インターを降り国道四一四を走る。

修善寺道路に入ると途中彼の有名な浄蓮の滝がお目見えとなる。そのまま突っ切ると道の駅『天城越え』が目の前だ。

　そこに今日世話になる旅館の娘さんが出迎えに来てくれるんだよ。歓迎がてら道案内だそうだ。田上(たがみ)君が頼んでくれたんでね。

　その道の駅の先にある旧天城トンネルを潜った辺りで天城峠へ上ると、林の中一帯に今回見学する売り別荘が四～五軒点在してるというが」

　剛吉はルンルン気分で楽しそうにナビをセットしてからやっと出発した。

「お父さん、高速は久し振りなんだから運転は要注意よ。焦らず慌てず安全運転でお願いしますね！

　アア、それと愛知観光豊田支部の田上さんお勧め旅館は確か湯ヶ島の花風荘。予定では早目の夕食を頂いて一泊は温泉付きの空き別荘なのよね？」

　ところが今初めて聞く美也子の言葉にフッチーはびっくり仰天、口をアングリ開けた。

「エエッ？　母さん、旅館には泊まらなくて食事だけなの？」

　すると剛吉は前方に目をやりながら大笑い。

「ガーッハッハ。誰も旅館に泊まるとは一言も言っておらんぞ！　見学序(つい)でに空き別荘を利用させて貰えば宿泊費が浮いて節約になるだろうが？」

　道理で締まり屋（ケチ）の剛吉が費用自分持ちで気前がいい筈だ。

「マア、そうがっかりしないで。その代わり夕食は大奮発して豪華な活魚会席を頼んであるわ。

それに今日お迎えに来てくれる愛美（あいみ）ちゃんはフッチーやユッキーと同年齢、しかもまだ独身だそうだから三人同胞相身互いで気も合うんじゃない？

美也子が笑顔で助手席から振り向いたがそれも初めて聞く話だ。

「エーッ、そうなんだ。私達と同年齢？　とは言っても旅館の娘さんって、きっと私達とは違って大人っぽくおしとやかで着物の似合う人かな？　ユッキー、何だか会うのが楽しみだね！」

二人はやっとテンションが上がりキャッキャッと笑い転げたが、その内運転手の剛吉と隣の美也子も何だかんだと個人的な語らいを始めた。

「母さん、もうじき新城サービスエリアを通過するぞ、新東名開通時にはテレビや新聞でも大評判で俺達も一往復したっけな。あの時は大賑わいで大行列、買う物も買えず往生したが、それに懲りて以後余り遠出は控えていたんだ。しかしこうして折角静岡下りまで足を延ばすなら、久能山東照宮位は参拝したくなるな」

「マアッ、父さんがそんなに信心深いなんて今までとんと知りませんでしたよ、それなら一度静岡県の社寺を巡る巡礼の旅にでも御一緒しましょうか？

「静岡開運旅」といって十一ヶ所巡るとスタンプも貰え、何かと御利益があるそうだわ。

外ならぬ楓子の縁談話でも転がり込むかも知れませんし」

「そういわれてもな、母さん楓子のこればかりは神頼みが通用するとも思えんぞ。大体俺は神社仏閣が特別好きとも言っとらん」

「そうですか？　それなら三保の松原とか可睡ゆりの園へ行ってみたいけど」

美也子はそんな調子で夫の話し相手になっていたが、自然と耳に入る後のフッチーがブツブツ呟いた。

「神社仏閣、三保の松原ねえ？　全然つまらん！　私ならみかん狩りや久能山の苺狩り、浜松のうなぎ、とらふぐ料理などなどが御所望ね！」

「エッ、やっぱりそっちか？　フッチーったら相変わらず食通？　食べ物には目がないんだから！」

ユッキーは呆れ顔だが思い思いの四人を乗せた車内は和気藹々、朗らかな雰囲気に包まれていた。

そんな中土曜というのに新東名の流れは意外と順調であった。三～四時間後には清水パーキングエリアに到着出来た。

「エッ、母さん、こんなに沢山メニューがあるのに、お昼御飯は茶ソバとサンドイッチだけなの？」

「その分晩御飯は豪華なんだから、我慢してね！」

清水パーキングで昼食にあり付いたのはいいが、ここでも剛吉の命令一下節約主義である。

フッチーは膨れっ面だが奢って貰う身なのでこの際仕方がない。

けれど清水パーキングを出た後はフッチーが得意とする素晴らしいシャッターチャンス

が訪れた。

新富士インターまでの間、晴れた秋空に世界遺産である富士山が見事な姿を見せていたからだ。

この美しさには車内の全員が大感激、偶の遠出もいいものだ。フッチーも機嫌を直し窓から顔を出し被写体をパチパチ撮り始めた。それに加え先程ユッキーが清水パーキングで買った特産の海老煎餅と静岡茶のペットボトルを配給し、皆遠足気分で楽し気にポリポリと音を立てている。

その後小一時間もせずに長泉沼津インターに着き、遂に国道四一四号線へ合流した。

少し渋滞に嵌まりノロノロ運転にはなったが、修善寺道路を通過して天城北道路に出た。

右手には彼の有名な浄蓮の滝があり、「天城越え」の歌碑も設置されている。

そして窓の外を通り過ぎる風情豊かな景色に触発されて、あろうことか突然ユッキーとフッチーの天城越え大合唱が始まった。

「隠し切れない移り香がいつしかあなたに～染み付いた～、～恨んでも恨んでも～躯うらはら～」

「アラッ、二人共中々お上手！　母さんもその歌時々友達とカラオケボックスで唄うわよ！」

お世辞にも上手いとは言えなかったが、美也子がその場の乗りでパチパチと拍手をした。

「母さん、だけど今はスマホでカラオケの練習もOKだし本人の歌も聞けるんだよ、ホラ見て！」

「へーッ、そうなの？　それは知らなかったわ。ちょっと見せて！」

母娘がそんな会話のやり取りをして気を取られている間に、車は道の駅「天城越え」の駐車場にゆっくりと滑り込んだ。

「オーッ、やっと着いた、ここが道の駅『天城越え』か？　回りを山々に囲まれて絶景かな。絶景かな！　空気もいいぞ！」

ホッとした剛吉が最初にやっとこさと車外に出て深呼吸した。

トイレに走る美也子の後を追いながら、ユッキーとフッチーはキョロキョロ回りを見渡してみた。店頭沿いには地元野菜や黄色い蜜柑類が山と積まれ際立っている。

駐車場も七、八割は埋め尽くされ地元民も利用しているのか、その日は結構な賑いであった。

「二人共よく聞きなさい！　三時に愛美ちゃんが迎えに来るがまだ二十分はあるぞ。その間ちょっくら店内を物色するのはいいが買うのは明日に控えて今日は見るだけ。くれぐれも慌てて無駄金は使わない様にいいな？」

ここでも剛吉に煩く針を刺されフッチーはうざったそうに頷いた。こんなことなら一緒に来るんじゃなかったと少々後悔しながら。

とはいえ気を取り直しユッキーと二人で店の入り口を覗くと流石にわさびの名産地、わさび漬け、わさび味噌、わさびのり、わさびドレッシング、本場のわさび製品がズラリと揃い選り取り見取りである。

店員に聞いてみると、店内での食事もテーブルに備え付けの生わさびはサービスで食べ放題なのだという。

「凄い凄い、わさび、わさび、アッチもコッチもわさびの山、買うのは明日でも家のお土産にどれがいいか今の内に選んでおこうっと！」

ユッキーはそう言うがフッチーは顔を背け興味なさそうだ。

「フーン、私はわさびは辛いし本来苦手なのよ。でも強いて言えばあれにするわ。あれを頂きます！」

そんなフッチーがキラキラ目を輝かせて指差したのは、外側の出店で売られているわさびソフトクリームだった。

「エエッ？　あれ？　確かにわさびのグリーン色が奇麗で見るからに美味しそうね、でも少ししか時間がないから今日は止めた方がいいわ。お土産と一緒で見るだけにして明日にしたら？」

ユッキーがクスクス笑いながらフッチーを宥めている時だった。

突然背後から声が掛けられた。

「あの、お話し中すみません、失礼ですが田上さんからお聞きしている宮野様御一行ではないでしょうか？　私は花風荘の花井愛美と申しますが」

　優しそうな女性の声だったが花風荘と聞き後を振り向いたユッキーとフッチー、そして側にいた宮野夫婦も皆同時に「アッ！」と一言だけ発した。そしてその後ポカンとして口を開けた。

　何故って目の前に髪型、体型、背の高さ、服装こそ違うが顔付きがフッチーそっくりの、嫌、フッチーよりは少し上品な感じの美女がニッコリ微笑んでいたからだ。

「マアッ、花風荘の愛美さんね？　驚いたわ！　年齢は同じと聞いていたけど、まさかこんなに家の楓子にそっくりとは！」

　美也子もフッチーと愛美の顔を交互に見比べ目を真ん丸くするばかりだ。

「今日は、楓子さんって貴女が？　本当にそっくりまるで自分を見ている様です。独身だと聞いてはいましたがこれも何かの御縁ですね。双子の姉妹みたいで嬉しいわ。今日は宜しくお願いします」

　偶然とはいえ、ここに珍しく三十代独身女三人が揃い、特にフッチーは、瓜二つの仲間が出来たと大喜びした。

「遠方より有り難う御座います。それでは今から旅館へ案内させて頂きますが、その前に少しお待ち下さいますか？　料理長から頼まれた食材を店の中で見繕い、買って行きたいのですが？」

「ハイ、どうぞお構いなく！　私達も丁度店内を見て回ろうと思ってたところですから御一緒します」

美也子も剛吉も笑顔で答えながら愛美の後に続いた。

「わさびもこちらの名物ですが、東海岸で捕れる金目鯛が高級魚で一番のお勧めです。夕食には準備させて頂いているんですよ」

「ホウホウ、成る程ね。それは楽しみだ」

愛美の言葉に疲れた表情だった剛吉も急に恵比須顔になった。

ユッキーもその後に続き店内に入ろうとしたのだが、何故かフッチーだけは動こうとしない。

外の出店で売られているわさびソフトクリームに執着が残り、どうしても食べると言い張ったからだ。

そしてそれからかれこれ二十分程が過ぎた。

買い物を済ませた愛美を先頭にした一団四人がゾロゾロと店外に出てきた。ところが辺りをキョロキョロ見渡しても、入り口で待つと言った筈のフッチーの姿が見当たらないのである。

「アレッ？　楓子の奴何処へ行ったんだろう？　ここでゆっくりは出来ないと知っていただろうに？」

それからユッキーはフッチーを捜してトイレに走ったり、剛吉と美也子が駐車場や店の内外を隈無く見回してみたがどうしたことか影も形もないのだ。

　剛吉の車は鍵が掛けてあるので当然中にもいない。

「紅葉の景色を撮りに山裾近くに行っているのかも知れません。あの辺りに人気のスポットがあるのでちょっと見てきますね」

　色付くのにはまだ少し早かったが、旅行客がスマホでよく写真撮影や動画を撮る穴場があるからそこかも知れないと、愛美は急遽そちらに走った。しかしいくら名前を呼んでも結局フッチーは現れなかったのだ。

　二～三十分後になってユッキーも次第に顔色を変え不安そうに呟き出した。

「可笑しいわ！　さっきからフッチーに何度も電話しているのにどうしてか電源が切られている。おじさん、おばさん、こんなこと初めてよ！　フッチーに何かあったのかしら？」

「何？　電話も通じないのか？　一体どうなってるんだ。子供じゃあるまいし、いい大人が迷子になるなんて考えられんよ。しかし愛美ちゃんもソロソロ旅館に戻らねばならんだろう。俺はもう少しここでフッチーを待ってみるから、美也子とユッキーは愛美ちゃんと一緒に先に行っていてくれんか？　どうにも出てこなければ事故か何か？　後は警察に頼むしかない！」

「分かりました。すみませんがそれでは一旦お二人を連れて旅館へ戻ります。楓子さんが無事で何事もなければいいのですけど」

美也子とユッキーは剛吉の言葉に従い何か後ろ髪を引かれる思いで、愛美運転の商用車で道の駅を出て行った。

しかしその後一～二時間が過ぎてもフッチーはいずこに消え去ったのか？　発見出来ず剛吉は項垂れ、ついに警察に通報する結果になってしまった。

「アア、どうも、静岡県警ですが楓子さんの捜索願を出された父親の宮野剛吉さんですね？　念の為お聞きしますが道の駅周辺に怪しい車とか、妙な動きをする不審者などを見掛けませんでしたか？」

すぐに地元伊豆市から警察官が二～三人駆け付け、フッチーの年齢とか特徴、何故道の駅「天城越え」に来ていたのかなどの理由を剛吉に事細かく尋問し始めた。

「嫌、それが不審者などと言われても全く気付きませんでした。

お恥ずかしい話、娘は男勝りで体力もある立派な大人ですから、誰かに連れ去られるなど思ってもみませんでしたし。それも僅か十分か二十分の間にですよ！」

警官は偶然駐車場で何かの事件に巻き込まれたか連れ去りの可能性もあると指摘したが剛吉にはまさかと思え信じられなかった。

愛美の生家だという老舗温泉旅館花風荘は、車で天城隧道を通り抜けてから二～三十分程の距離である。

河津七滝を越えた辺りから横道に入るのだが、旅館は古いとはいえ木造二階建ての洒落た建屋である。祖父の代からで創業六、七十年にはなるという。

剛吉の後輩田上も職業柄何かと熱心に協力してきたらしい。というのも旅館その物より前面に広がり工夫が凝らしてある三～四十坪の日本庭園が自分も特に気に入っているからだという。風情があり心が安らぐと評判でそれが一番の売りなのだそうだが。

この時期やっと色付き始めた紅葉や楓、バランスよく配置された形のよい常緑樹、黒松や杉、そして見上げれば七～八メートルも積まれた岩の高みから小振りな滝水が霧の様に下へ振り注ぐ。そして爽やかな濁音と共に木々の隙間をサラサラと流れている。それは通常なら全ての泊まり客に静かな至福のひと時を与えてくれる筈であった。

しかしその庭園に面する和室に通された宮野夫婦とユッキーは、先程からただじっと押し黙り溜め息ばかりだ。

趣向を凝らした庭園だけでなく、贅沢な会席料理も食べっぷりのよい元気印のフッチーが行方不明の今となっては、全てが味気なく不安で物悲しい。

「宮野様、私が主の花井吾一（ごいち）と申します。本日は大変申し訳ない事態となり、当旅館一同驚き慌てふためいております。折角お越し頂いたのに私も同じ年頃の娘愛美を想うと、親として心中お察し申し上げます。御事情は大急ぎで田上さんにも連絡致しましたが、明日朝一でこちらに向かうのでお気を落とさぬ様にとの伝言でした。ただもし宜しければ今夜は当旅館にお泊まり頂けたらと言われますが如何致しましょうか？　お気持ち的にも大分お疲れの様子ですし丁度桔梗の間と紫陽花の間、二部屋が空いているのですが？」

愛美の父親吾一は何度も申し訳ないと言いながら気遣いを見せた。

「それはどうも有り難う御座います。この様な状態になり今から別荘に行くのもどうしようかと三人で相談しておりました。しかしこちらで宿泊出来るのなら是非お願いしたいが、母さん、ユッキーも、こう言って下さるがどうだろうか？」

どちらにしてもこうなると何時警察から連絡が、あるやも知れず、もう別荘見学どころではなくなっていた。

美也子もユッキーも二人同時に頷き剛吉の判断に任すと言う。

その後三人は仲居に案内され八畳の紫陽花の間に通されたが、やはり言葉少なく想い願うのはフッチーの無事ばかりだ。

「本当にユッキーにまで心配掛けてしまって御免ね。

警察にも届けたし何か分かれば電話が掛かってくるわ。私達二人はこのまま起きて様子を見るけどユッキーは先に隣の桔梗の間で休んでいて頂戴。もしもの時は遠慮せずに起こすからね」

夜十一時近くになると疲れてウツラウツラしているユッキーを見て、美也子が労ってくれた。

「ハイ分かりました。それでは隣で少し休ませて頂きます。

でもフッチーが早く見つかるといいんだけど今頃どうしているのかしら？」

ユッキーは美也子の言葉に甘え、六畳の桔梗の間に旅行ケースを運び、持参したパジャマに着替えた。

そして仲居が敷いておいてくれた旅館のフカフカ布団に潜り込んだのだが、それでも不安と緊張感は取れず、中々寝付かれない。

仕方がないので布団の中から手を伸ばしテレビのリモコンを取ろうとした時だった。偶っこに充電しておいたスマホの着信音が突然ルルルルと鳴り出したのだ。

「エッ？　何？　今頃？」

慌てて飛び起き確認してみると相手は何と心配していたフッチー本人からの着信だった。

「ユッキーね？　分かる？　私よ、私！」

「エッ？　フ、フッチーなのね？　今何処にいるの？　私達花風荘で泊まることになったんだけど心配して捜してたのよ！」

「ウン、私は大丈夫だよ。でも訳の分からない内に二人の男に薬を嗅され、気が付いたらクモの巣の張った古い小屋の中にいたんだ。

手足を縛られて監禁されてるけど、やっと口のガムテープが外れたので何とか電話出来たんだよ！　それも今さっき男二人が出て行ったからで、きっとすぐに戻ってくるよ。早く助けに来て！」

「フッチー、拉致されたのね？　気をしっかり持って！　すぐに警察に知らせ救援を頼むわ！　だけどその小屋の場所はどの辺りか分からない？　何でもいいから目印を言ってみて！」

「そういわれても場所なんか全然分からない。だけど連れてこられた時間からして、あの道の駅「天城越え」から車で一時間位かそう遠くない気がする。それに左側の窓の外は木が茂って森の中みたいだし、私の縛られてる後ろの窓の下は恐ろしい断崖絶壁になってるよ！」

「エッ？　後ろが恐ろしい断崖絶壁なの？　分かったわ、そのまま待って、今フッチーのお父さんに代わるから」

　ユッキーは断崖絶壁と聞き、身震いしながらスマホを握り締め隣室に駆け込んだ。しかし剛吉に渡した時にはフッチーの声は聞こえず既に電話は切られていた。

「エーッ、フッチーは男達がすぐ戻ってくると言っていたけど？」

「楓子のことだ。危険を感じて自分から切ったのかも知れん。しかし無事が分かっただけでも一安心だよ。ユッキー、有り難う」

　剛吉は憔悴している美也子を元気付けようと慰める言い方をしたのだが、結局ユッキーがその後何度も電話したりメールを送信しても、フッチーとは連絡が取れなかった。

　それから凡そ一時間後深夜十二時過ぎのことだった。フッチーが拉致監禁されたとの通報を受けた静岡県警から、物々しい形相の刑事が三〜四人駆け付けた。

彼らは長年の勘で身代金目当ての犯行に違いないと睨み、吾一の許可を得て紫陽花の間に逆探知機を取り付け始めた。

「身代金目当ての犯行ということですか？　しかし伊豆下りまで来て拉致誘拐とは？　どうして楓子が狙われたんだろう？　どう見ても家は金にとんと縁のない下の中流家庭なんだが？」

「そんな！　お父さん下？　下の中流家庭なんて言わないでよ！　恥ずかしい！」

美也子はこんな時にも涙を流さんばかりに恥ずかしそうで、刑事を前に顔を赤らめていた。けれどそんな間にも時間は刻々と過ぎて行く。

ところがそれ以後、刑事達や両親が今か今かと緊張して待機していたのにも拘わらず犯人からは何の連絡もなく、そのまま朝を迎えてしまったのだ。

ユッキーも宮野夫婦も皆寝不足で疲労感もピークに達していたが、七時になると愛美が心配そうに部屋を覗きに来てくれた。

「お疲れのところ済みません。朝食ですがこちらへお運びしても宜しいでしょうか？　露天風呂の準備も出来ていますので、こんな時に何ですが宜しければ先にお入りになられては？」

愛美が遠慮勝ちに言うと刑事の一人が口を開いた。

「それがいいですよ。我々に構わず順番に入浴して下さい。犯人との交渉が始まればさらに長期になり、疲労が重なって全員が共倒れになり兼ねません」

「ハア、そうですね。刑事さん有り難う御座います。折角の露天風呂だしユッキーから先にお入り。俺達はその後でいいから。湯舟に浸かるだけでもサッパリして疲れが取れるよ」

刑事の言葉に従い剛吉も美也子も入浴を勧めてくれるので、ユッキーはそれではお先にと礼を言い立ち上がった。

ところがそんな時横の廊下を誰かがバタバタと音を立て走ってくる気配がする。

「刑事さん、大変です。今家の固定電話におかしな電話が入ったんですよ。仲居頭が出たら男の声で『花風荘だな？　娘を預かっているから一億円持って来い！　さもなければ命はないぞ！』などと恐喝してきたというのです」

大慌てで襖をガラリと開け入ってきたのは真っ青な顔をした主の吾一だった。

「仲居頭が、『何かお間違えじゃないでしょうか？　お嬢さんは今調理場でお客様達の朝御飯を支度されておりますが？』そう言ってやったら驚いた様子で、そのまま電話をプツンと切ってしまったそうなんですよ！」

「ハアッ？　御主人、花風荘の固定電話にですか？　娘の愛美さんを誘拐したというのですね？　宮野楓子さんでなく？」

その場でガッチリと身構え今か今かと待機していた刑事達四人は、眉を顰め面食らっている。

その様子を見た剛吉と美也子夫婦も訳が分からず無言のままだ。

しかしフッチーの親友ユッキーだけはその場の状況を最初に理解した。そして黄色い叫び声を上げたのである。

「アーッ、そうよ！　分かったわ！　フッチーは愛美ちゃんに間違われて拉致されたのよ！　刑事さん、フッチーと愛美ちゃんは体形から髪形まで全てがよく似ているんです！　二人を後ろから見たら全く区別が付きません！　犯人は道の駅の入り口でフッチーを愛美ちゃんだと思い込んでしまったんだわ！　愛美ちゃんが店内に入っている少しの間に間違えて拉致したのよ！」

「エエッ？　ユッキーにそう言われれば確かにそうだ！　ということはあの道の駅に誘拐犯が潜んでいたのか？

　俺はちっとも気付かなかったが、そいつらは初めからそのつもりで愛美ちゃんを尾行して狙っていたのかも知れんな。今やっと飲み込めたよ！」

　剛吉もやっと事の重大さに気付いた様だが、その後になって今度は美也子が急に声を荒らげた。

「お父さん、それどころじゃないわ！　監禁しているのが楓子だと分かれば犯人が黙って返す筈がないわよ！　こうなればきっと多額の身代金をこちらに要求してくるわ！　どうしましょう？」

　こうなると宮野夫婦は疲れ切った顔を見合わせオロオロするばかりだ。

「ママア、二人共、落ち着いて下さい。犯人も簡単には人質に危害を加えたり命を奪ったりはしません。このまま少し様子を見ましょう」

刑事が二人を落ち着かせている間に今度は血相変えた愛美が部屋に飛び込んできた。

「父から聞きました！　楓子さんが私と間違われて拉致監禁されてるんですって？　本当に済みません。私の所為でこんなことになってしまって！」

その場にバタリと座り込み顔を両手で覆った。

そんな泣きじゃくる愛美を宥めながら刑事が幾つか問い正したが、自分としては全く身に覚えはないし犯人の心当たりもないという。

だがそれから二〜三十分後になって、美也子の言う通り再び同じ誘拐犯から剛吉の携帯に着信が入ったのだ。

「宮野剛吉さんかい？　楓子というのはあんたの娘だな？　拉致する娘を間違えた様だが今となっては仕方がない。三千万円でいいから持って来い。

さもなければすぐ横を流れている谷川に突き落として殺すぞ！」

それ程若くもなさそうな低くドスの利いた声だ。

ところがそれを聞き興奮した剛吉の対応の仕方が不味かった。

「何だと？　貴様一体どういうつもりなんだ？　よくも家の娘を拐かしたな！　娘は無事なんだろうな？　それなら今すぐ声を聞かせろ！」

剛吉が腹を立て乱暴な口を利くので焦った刑事達が横から、抑えて抑えて、話は長く引き伸ばして、と身振り手振りで諫める。

「心配するな。父親によく似て元気過ぎ、こちとら飛んだ災難だ。見掛けだけは花風荘のお嬢にそっくりだが中味は大違い。図々しくも身代金までまけさせられたぞ！　だがあんたが警察に通報すれば、その時は命はないからな。金の受け取り場所は改めて連絡するから用意しておけ。いいな？」

そこまで言うと話は途切れた。

「ウウン、惜しい。逆探知は失敗です。相手は公衆電話からですが、しかし話の中で犯人はすぐ横の谷川と言っています。楓子さんから優紀さんへの電話でも道の駅「天城越え」からそう遠くなさそうな山中の小屋と聞きました。まず半径一～二キロ間の谷川沿いに目星を付けて隈なく当たってみましょう！」

悔しそうな刑事の言葉に剛吉も頭を垂れた。

「何とぞ宜しくお願いします。しかし楓子の奴、あんな目に遭っているのに一億円を三千万円に値切るとは全く大した度胸だ。

家の財政事情をよく知っているからだろうがな。

とはいえ仮令三千万円でも何処からどう工面したらいいものやら？」

心配顔の美也子と一緒になって途方に暮れた。

ユッキーも今は癒しの露天風呂どころではなくなり、その場で二人の様子を見守っていたが、それから一時間後に又あの憎らしい犯人から剛吉に電話が掛かってきた。

「剛吉さんだな？　三千万円は明朝五時に旧天城トンネルの入り口へ持って来い。新じゃなく旧だぞ！　金と交換に娘は返すが警察が動けば、その場で取り引きは中止する！　娘の命はないものと思え！」

「ハイ、よく分かりました。三千万円でいいのですね。値引きして頂き有り難う御座います。しかしトンネルの入り口とは？」

流石に今回は剛吉も少し落ち着いた所為か低姿勢に出た。

「花風荘から来れば浄蓮の滝側の方だ！　車の助手席に奥さんを乗せて二人だけで来い。金は黒いバッグに入れ奥さんに持たせろ。後で又指示する！」

男は早口で伝えすぐに電話を切った。その様子はもしかしたら警察を警戒していたのかも知れない。

「宮野さん緊急時なので三千万円の立て替えはこちらで用意します。それと犯人は奥さんの顔まではよく見ていないと思われますので、代わりに当署の婦人警官を同行させます。それで宜しいですね？」

「アッ、ハア、それは御親切にどうも。

金は助かります。しかし代役と気付かれたら、娘は殺されて取り返しの付かないことに？」

身代金は何とかなったとはいえ、刑事の申し出に剛吉は浮かない顔だ。

「嫌、絶対にその様な目には遭わせませんよ！

一旦署に戻り娘さんの捜索活動を始めますが、経過報告をしながら次の計画を知らせます。それまでは気をしっかりと持ち、外出せずここで待機していて下さい。それと犯人が何か言ってきたらすぐに連絡をお願いします」

刑事達が念を押し引き上げた後に、フッチーを除く宮野家一行は一旦ほっとして我に返り人心地が付いた。

レストルームに行き地元野菜タップリの新鮮で健康的な朝食を頂き、庭に面した風流な露天風呂も使わせて貰った。とにかく今は警察の頼もしい言葉を信じるしかないのだ。

そして午前十時には専務の田上が、遠路遥々同郷の豊田市からアタフタとやって来た。

「アーッ、宮野さん、遅くなって申し訳ない！　飛んでもないことになりましたね！　吾一さんに聞いて驚いたが、まさかお宅の娘さんが愛美ちゃんに瓜二つで犯人に間違われるとは！」

田上は今までフッチーには直接面識がなかったので、愛美に似ていることは全く知らなかったのである。

「オオッ、田上君、態々来てくれて済まなかった。誘拐犯人から明朝五時にと三千万円の身代金要求があった。だが有り難いことに地元警察が監禁場所を特定して娘を捜してくれているよ。何、図太いあいつのことだ。何事もなかった顔でひょっこり返ってくるさ、それに寧ろ代わりになった愛美ちゃんの方が無事なだけでも儲け物で運が良かった位だ！」

剛吉は田上の前では先輩面をして弱気な自分を見せたくなかったのか、この期に及んで本心でなく見え透いた強がりを言う。

「だけど大変でしたね！　宿の主人吾一さんもいい方で申し訳ないから、身代金の一部は出させて欲しいと言ってくれてますよ。とは言え自分は他人に恨まれる覚えはないし、愛美ちゃんも犯人が誰なのか全く考え付かない様です。

しかしこうなると今は警察に任せるしかないですね。身代金は明朝五時にトンネルの入り口ですか？　それまでに何か手掛かりが見つかればいいんですが」

ところが田上が腕を組み考え込んだのを見て、ユッキーが何か思い付いたのかパチンと指を打ち鳴らした。

「そういえば犯人は電話で浄蓮の滝側がトンネルの入り口と言ってたんですね？　ということは犯人とフッチーの潜む小屋は浄蓮の滝側にあるんじゃないですか？

だからそっちが出口でなく入り口と言ったんじゃあ？」

「そうか！　トンネルは自分達が入る方が入り口、出る方が出口だからな！　成る程当たり前だがこれもユッキーの言う通りだ！」

剛吉は感心して頷いたが、その後田上につと真剣な目を目を向けた。

「ユッキーが教えてくれた様にトンネルの入り口辺りまでならここからそう遠くはないぞ！　警察にじっと待つ様に言われたが、それもイライラして我慢がならん。それで田上君に折り入ってお願いがあるんだがな！

見学予定だった空き別荘やその辺りを通りながらでいいよ。駄目元でもフッチーの監禁場所を捜してみたいがどうだろう？　田上君ならこの辺り一帯の土地勘もあるだろうし？」

「そうね！　おじさん、ここでじっとしてフッチーの為に何もしないよりいいわ！　事前に犯人が指示して来た天城隧道周辺も歩いてみたいわ。現場百遍とも言うし！」

心配でじっとしていられないのはユッキーも美也子や剛吉と同じである。

「ユッキーさん？　刑事でもあるまいし現場百遍とは又恐れ入りました！　だがそうまで言われるのなら、今から車であの辺りをグルリと案内しましょう。これも仕事の内ですからね。しかしもし警察にバッタリ出会して、注意されたり危険を感じたらすぐ引き返しますよ。それでいいですね？」

田上は剛吉より四～五歳は若いだけあって決断も速いし体力もあり、この場合頼りになりそうだった。

山中の森や谷、断崖絶壁といい、フッチーの監禁されている小屋は町中ではない。どう考えても奥深い自然の中、別荘地の近くに隠れ家があるのではないかと、第六感というかユッキーにはそう思えたのだ。

そして昼食もそこそこに田上を含めた一団は黙ってこっそり旅館を抜け出した。警察は勿論、愛美や吾一にも心配を掛けそうだし、勝手な行動を止められたくなかったのである。

「こう言うと田上さんには申し訳ないけど、今回の旅行は本当に残念だわ！　楓子は金目鯛のお刺身や会席料理を楽しみにしていたのに」

「そうだな。何処にいるか分からんが、きっと今頃腹を空かしていることだろう。無事戻ったら肉でも魚でも食べたいだけ鱈腹食わしてやるさ！」

田上が運転してくれている高級車、トヨタレクサスの車内では今になって宮野夫婦が涙もろくなり、フッチーの好きそうな食べ物ばかりが頭に浮かぶ様だ。

田上はそれには苦笑しながらも結構なスピードで走行し、仕事柄運転慣れはしている様だ。そして浄蓮の滝も通り過ぎ、ポッカリ穴を開けている旧天城トンネルに後少しという急カーブでやや速度を落とした。

ところがその車内で右側の窓から外を覗いていたユッキーが、何かを目に留めて叫び声を上げた。

「アッ、田上さん、ちょっと止めて！　今あそこに鏡の用な物が落ちていてキラッと光ったわ。ただのゴミとか空缶かも知れないけど何か気になるんです！」

「何か気になる？　若い人は目がいいからな？」

田上がそう言いながら車を止めてくれるや否や、ユッキーはドアを開けバタバタと外へ飛び出した。

そこから七〜八メートル走り後戻りしたのだが、

「あっ、あったわ。やっぱり、これよこれ！」

　崖下の枯れ草の中から引っ張り出したのは、何と擦れて傷だらけの痛々しいスマホだった。

「このカバーに見覚えがあるわ！　偶然かも知れないけど、こんな所に落ちてるなんてもしかしたらフッチーのじゃないかしら？」

「何だって？　オーッ、これは確かに楓子のスマホに似ているが？　どうしてこんな所に？」

　剛吉に見せると首を傾げながらオフになっていた電源を入れてみた。

　すると待ち受け画面に何処ぞの店の大粒苺添え特大ショートケーキと山盛りポテトがくっきりと現れた。

「ワーッ、絶対これが証拠よ！　私が証人、フッチーのスマホに間違いないわ！　それに上をよく見るとこの辺りは道路に沿って高い崖になっている。

　スマホはこんなに傷だらけだし、フッチーがこの上から下へ滑り落としたとは考えられないかしら？」

　崖を見上げたユッキーの推理に他の三人も成る程と顔を見合わせた。

「きっとそうだ！　昨夜ユッキーに電話した後位に、犯人にスマホを見つけられない様に窓の隙間から下へ落としたんじゃないか？　自分の監禁されている居場所を知らせ様として？」

「お父さん！　それじゃあ楓子はこの崖の上に？」

宮野夫婦の顔に一筋の希望の光が差し込み二人は思わず手を取り合った。

「そう言われてみれば、この崖の上の何処かに建築材料などの資材置き小屋があった様な？

あそこなら確かに人目に付きにくいがまさかねえ？」

田上が目の前で首を捻っているのを見て、ユッキーは興奮して黙っていられなかった。

「田上さんなら空き別荘だけじゃなく、この上辺り全体にも詳しいのではないですか？スマホも見つかったことだし、今からフッチーの監禁されている小屋を捜しに行ってくれませんか？　お願いします！」

「それなら見学予定の別荘もここから近いので行ってみましょう。しかしそう易々と犯人の隠れ家が見つかるとは思えませんがね？」

田上にとっては本来なら別荘販売が主な目的だった。しかし今はそれどころではなさそうだし、がっかりもしていられない。

レクサスでなくジープで来ればよかったという後悔と共に、高台へと続く細い抜け道を辿り、慎重に上へ上へとジグザグ運転を始めた。

そしてその状態から約三十分程で前方が行き止まりになっている狭い空地に出た。その奥に木々に覆い被された、今にも壊れそうな古い丸太小屋が見え隠れしていた。それを確認してから田上は、道路脇のへこみに車を止めた。

「フーン、ここから見た限りではとても人が住める小屋とは思えませんよ。だがちょっと待てよ！　道路から小屋の前まで新しいタイヤ跡が続いているぞ！　エーッ、これは怪しいな？

念の為裏から回ってコッソリ中を偵察してこよう！

危険だからみなさんは四～五分間だけ車外へ出ず、ここで待っていて下さい！」

自分が案内した責任もあり、田上は一人でドッコイショと腰を上げた。

ところが「ちょっと待って！　もしフッチーが中にいたら助けなきゃ！　田上さん、私も連れて行って下さい。一人より二人の方が心強いわ！」

ユッキーはじっとしていられず慌てて田上の後を追った。

そして二人が背丈程に茂った雑草を掻き分けグルリと小屋の裏側に回ると、クモの巣の張った汚れた小窓に突き当たった。

「田上さん、大丈夫？　気を付けて中を覗いてくれませんか！」

「よし分かった。頭を低くして気付かれない様に！」

田上はおっかなびっくり目だけを出してキョロキョロと中を見回した。その間ほんの四～五秒だった。

「ウン、静かだと思ったが、やはりもぬけの殻で誰もいませんね！　アッ、だがよく見ると人が入っていた形跡はありますよ」

残念ながらそこにフッチーの姿はなかったが、ユッキーも小窓に顔を近付け中を注意深く観察してみた。

狭い部屋の真ん中に四角いテーブルが一つにイスが三脚。

驚いたのは向かって右側、崖のすぐ下はフッチーの言う様な絶壁になっていてやはり小窓が一つあった。その下にはイスが一脚置いてあり、細いロープやガムテープが散らばったままだ。そしてさらに驚いたことに、そこに見覚えある青いショルダーバッグがコロリと転がっていた。

木々の隙間から差し込む光にボンヤリと浮き上がって見える。まるで私はここにいるから助けて、とフッチーが自己主張しているかの様に。

「アッ、田上さん、フッチーはやっぱりここに監禁されていたのよ！　あの青いバッグはフッチーの物だわ！」

「何？　そうなのか？　信じられんが、だとすると、ここが誘拐犯人の隠れ家だったんだ！　それじゃあ一晩ここで寝泊まりしたんだな？　大発見だが、それにしてもバッグを置いたままとは一体何処へ連れ去られたんだろう？　犯人も身代金を取るまでは、人質には危害は与えないと思っていたが？」

しかしそれ以上、その場で二人がアレコレ考え込む余地はなかった。

状況からして犯人が何時又戻ってくるか分からないのだ。長居は無用、フッチーを助ける為にこのことを急いで警察に通報しなければと、焦りながら宮野夫婦の待つ車に走った。

だが二人が急いで車のドアを開け中へ乗り込もうとした、その瞬間だった。

「ギャーッ、止めて！　おっさん達、助けて！　殺さないで！」

すぐ手前のこんもり高くなっている林の向こうから突然悲鳴が聞こえてきた。

「オウ、いい加減にしねえか！　貴様、どうやって、落とし前を付けるんだ！　今さら身代金が取れないだと？　バカ野郎、ここから突き落としてぶっ殺してやる！」

木々のガサガサ擦れる音がして、乱暴な男達の怒鳴り声も耳に入った。

「大変！　最初の声はフッチーだわ。犯人の男達と揉めているのよ！　声はこの近くからする！　どうしよう！　殺されるかも知れない。助けなければ！」

「よし分かった！　ここから一段上の山道に出よう。

しかしこの林の向こう側は深い谷になっていて危険だ！　間に合えばいいが！」

フッチーの一刻を争う叫び声に田上も目の色を変え、大急ぎでハンドルを切り換えた。

だがこうなると高級車では断固避けたいボコボコ山道の恐怖ドライブである。今フッチーと男達の関係は、一体どうなっているのか？　何があったのか？

サッパリ分からないまま、両親もユッキーも、ただひたすらフッチーの無事を祈り続けた。

又しても気の毒な田上の車は全速力でグルリと迂回し、ギシギシと細い砂利道を踏み泥を撥ね除けた。

その間十分も掛かっていなかったが、その内前方の左脇道に車を二台発見した。後ろは黒い小型車だったが、その前の白い軽トラックを見ると今まさに動き出し前方へ出ようとしているところだった。狭い道で右側は切り立った深い谷である。とても擦れ違いは出来ない！

「アッ、トラックが出て行くわ！　人が二人乗ってるみたい！

さっき怒鳴っていた男達かも知れない！　でもフッチーは何処？

乗っていないわ！　もしかしたらもう谷底に落とされて!?」

男達二人はチラリと後ろを振り向いたが、中にフッチーを乗せているとは思えず、そのまま凄い勢いで走り去ってしまった。

「しまった。俺達に気付いて逃げ出したのか？

しかし、停まっているもう一台の黒の車は誰の？　とにかくどうこう言ってはいられない。一旦降りて楓子さんを捜しますよ！」

皆バラバラと車を降り、ただひたすら祈る想いでフッチーの名前を呼んだ。しかしいくら耳を澄ませても、野鳥の鳴き声以外全く何の反応も返事もない。

さらにすぐ横にある十メートルも下の谷川を見下ろすと、ユッキーは絶望感で胸が一杯になった。

『この高さから突き落とされたら、いくら頑丈でもきっと助からない。

もう死んでしまっているのかも？　でもこんな所でフッチーが殺されるなんて、あんまり残酷過ぎる！』

ユッキーはその場にペタリと座り込み、顔を両手で押さえ、ワアワアと泣き出した。宮野夫婦もそれを横目にして放心状態だ。

『しかし人質を殺してしまっては、犯人は身代金は取れない筈だが、それでいいのか？』

犯人からは何も言ってこないしと、田上一人は何か納得出来ず戸惑っていた。すると谷の反対側道路横の林から動物の鳴く様な小さな呻き声がウーン、ウーンと聞こえてきた。そしてそれが次第に大きくなる。

「ちょっと、ちょっと待って！　私はここよ。勝手に殺さないで！　ユッキー、父さん、母さん、泣いてる暇があったら早く助けてよ！　腰を打って動けないしアチコチ傷だらけなんだから！」

何と道路から下四～五メートル離れた雑木の間を見ると、手足を縛られたフッチーがニョッキリ泥だらけの顔を出している。

「マアッ、フッチー？　フッチーだわ！　楓子、生きていたのね！　良かった！」

ユッキーも美也子も驚くやらホッとするやら、呆気に取られすぐには言葉が出なかった。

「二人の男に谷に落とされたのは雄一郎（ゆういちろう）とかいう名前で奴等の仲間の一人よ。その後私も危ないと直感して自ら反対側の林の中に転がり込んで免れたって訳。

運動神経抜群のお陰で九死に一生を得たってことね！」得意気に笑ってみせた。

「何？　谷に落ちたのは仲間の一人、雄一郎って男なんだな？」

一安心した剛吉と田上がフッチーをレクサスの中に引き上げ、擦り傷に救急バンを張ってやって、事情を聞こうとしている時になって、やっと狭い山道をパトカー数台と救急車が到着した。

剛吉が田上の車でこちらに向かう時、先に通報しておいたのだ。

「昨日拉致誘拐された宮野楓子さんですね？　怪我をしてる様ですが体調は大丈夫ですか？

とにかく命に別状がなくなによりでした。こんな時に何ですが、拉致されてからの状況、犯人の特徴など覚えていることを全てお聞かせ下さい」

「ハイ、刑事さん、大丈夫です。少し頭がフラフラする位で。

昨日、さっきトラックで逃げた男達二人に花風荘の愛美ちゃんだと思われ拉致監禁されたんです。

朝になり男達は身代金一億円を電話で花風荘に要求してましたが、その時になってやっと人違いと分かったみたい。

その後二〜三十分して愛美ちゃんをよく知っている仲間の一人、雄一郎という優しそうな男が来たんです。パンとか飲み物を持ってきて朝食用にと私にもくれました。そして人違いと分かった以上、身代金請求の計画を中止したいと言い出したのです。けれど他の二人、五十代らしいヤクザ風の男達は承知せず、私に名前とか住所とかを聞いてきました。

それで家の親に請求するなら、愛美ちゃん家と違い貧乏だからせめて三千万円にして欲しい。でなければ、この窓から崖下へ飛び降りて死んでやる。一生恨んで化けて出てやるぞ！　と脅してやったんです。それであの二人は仕方なく父さんに三千万円を要求したと思います」

「ホウーッ、逆に犯人達を恐喝かね？　それは何と勇敢な娘さんだ！

お見逸れしました！　しかし、運良く無事助かったからよかったですが、本来なら花風荘の愛美さんが拉致される筈だったのですね？」

「事情はよく分かりませんが、後から遅れて来た男が誘拐に関わる中心人物みたいでした。愛美ちゃんの顔をよく知っていたのも、その雄一郎さんだけだったみたい。

でも私には申し訳なかったと頭を下げて謝ってくれたし、そんな悪人には思えなかったわ。

だけど結局自分はこの話から手を引きたい。計画は中止して身代金を奪うのはやめろ！などと言い張り、お昼頃までずっと、反対する他の二人と言い争っていました。それでも埒が明かず、場を変えて外で話そうということになり、それで私もこの谷川の近くまで引っ張り出されたんです。

でも宥めても賺しても、どうしても考えを変えなかったので、男達は酷く怒り出し、その雄一郎さんを谷底に蹴り落としました。その間に私は林に転がり込み隠れることが出来たのです。その後奴等は田上さんの車がこっちに向かってくるのを知り、慌てて逃げ出したんだと思います。私はそのお陰で命拾いしたんですが。だから刑事さん、谷に落とされた雄一郎さんを助けてあげて。お願いします！」

「分かりました。大変な目に遭い、お疲れのところ、よく話して下さいました。

今救助隊が谷川沿いに捜索を始めていますので、後は我々にお任せ下さい。それでは一旦これでお帰りになっていいですよ。後で花風荘の愛美さんにも、その雄一郎さんについてお聞きすることになると思いますが。いやどうも御協力有り難う御座いました」

刑事はフッチーの声が弱々しく小さかったので、身を心配してか丁寧に扱ってくれ、短時間で解放してくれた。

自力で助かったフッチーにしても、確かに少々疲れてはいたが、本当は体調が悪いのではなかった。朝も昼もろくに食べていなかったので、声が小さいのは実は空腹で死にそうだったからである。

そんな我が娘フッチーを哀れに感じた宮野夫婦は、その後近くのコンビニで唐揚げ弁当やハンバーガー、フルーツサンドなどを買い与え、腹一杯食べさせた。

そしてそれらをペロリと平らげたフッチーは両親やユッキー、それに田上の見守る前で、やっと血色もよい元気印の自分に戻れたのであった。

「ホーッ、お前流石に凄い大食漢だな！　しかし命は取り留め、怪我も大したことはなくて、それが一番よかった。安心したよ！」

「お父さんったら、安心したのは本当は身代金の心配でしょ？　親孝行な楓子のお陰で！」

事件に振り回されて大騒ぎだったが、今まで泣きの涙だった美也子の冗談に、皆明るさを取り戻し大笑いした。そしてその大笑いを見届けた後、一段落した田上もホッとして別れを告げたのである。

「田上君には今回世話になったので丁重に礼を言っておいたが、仕事の予定もキャンセルしてくれて申し訳なかったよ。

しかし俺達も今さら別荘見学とはいかないし、楓子の無事を伊豆土産に今から故郷豊田へ帰還したいがどうだろう？　母さん、安全運転なら今夜中には帰り着けると思うが？」

やっと肩の荷が下りた様子の剛吉が三人の顔を見回すと、当のフッチーを含め全員が異存なしと答えた。とはいえ、他に答え様もなかったからである。

「会席料理は残念だけど、予約も入れてないし今から花風荘で一泊は無理よ！

愛美ちゃんはきっと今頃雄一郎さんのことで刑事から事情聴取を受けているし、それに父さんは勿論私もユッキーもこれ以上会社を休めないから、明日はどうしても出勤しなくっちゃ。早く帰って一晩ゆっくり休みたいよ！」

絆創膏だらけの顔で嘯(うそぶ)いた。

「そうか、そうか、そう言ってくれるのなら、元来た道を帰るとしよう！」

フッチーの言葉に剛吉は気を取り直し再びハンドルを握ったが、本当なら帰り路もこんなコースの筈ではなかった。

富士インターから旧東名高速に入り、元々フッチーの希望で焼津のマグロや浜名湖サービスエリアで休憩、うなぎ弁当などを賞味する予定だった。だが、それも時間の都合で全てパーだ。

命だけは拾い物だったが、フッチーも尽（ことごと）くついていない。

そして車はひたすら新東名を走り続けていたが、その逆恨みなのかお腹も満たされグッスリ眠るかと思われたフッチーが、突然魘される如くブツブツ呟き始めた。

「思い出したわ。そういえば谷に転落した雄一郎さんは死なずに助かったのかな？　何だか三人の話の様子だと、あの人本当は愛美ちゃんの彼氏じゃないかって？

金目当ての悪い二人に利用されただけの気がするんだ」

隣席のユッキーも疲れてウトウト寝ていたが、その意味深なフッチーの呟きを耳にしてハッと目が覚めた。

「エエーッ、フッチー、今何て言った？　雄一郎さんが愛美ちゃんの彼氏って一体どういうこと？　そんな人が何故愛美ちゃんを拉致して身代金を取る必要があるの？　そんな考えはさっき刑事さんに話したの？」

「ウウン、本人の口からはっきり聞いた訳じゃないんだから、警察にはめったなことは言えないよ。第一あの時、疲れていて意識朦朧、とにかく早く帰して欲しかったし」

「そりゃあお腹も空いてただろうし、確かにね。でもフッチーは、三人の話から、その雄一郎さんと愛美ちゃんは並々ならぬ深い関係にあると推測したんだ？」

「まあね！　何か言うに言えない、二人の間には相当複雑な事情があると私は睨んだんだけどさ！」

「ウーン、複雑な事情、そういうことか？」

ユッキーはその後もフッチーから何とか詳しく話を聞き出したかったが、フッチーの方はそれだけ話すと気が済んだらしい。心地良い睡魔に襲われ高鼾、死んだ様にグッスリと眠りこけてしまった。

但し昨晩一睡もしていない父親の剛吉だけは反対で、ブラックコーヒーをガブ飲みしながら、その憎い睡魔と戦い続けねばならなかった。新東名を再び横断し、ひたすら走り続ける為に。

そして正体もなく寝込んでいる三名の乗客を乗せ剛吉は、やっとのことで宮野家の駐車場に辿り着いた。だがその時には精根尽き果て、ハンドルに凭れガックリと倒れ、寝込んでしまったのだ。薄れる意識の裏で散々な恐怖の家族旅行だったと後悔しながら。


そしてそんな家族旅行から二週間が過ぎた夜十時頃のことだった。

「ハーイ、ユッキー。先立っての旅行は有り難うね！」

例の如く元気を取り戻したフッチーからの電話である。

「アラッ、こちらこそ有り難う！　あの時はスリル満点で楽しかったわ！」

風呂上がりに冷蔵庫を開け麦茶を飲もうとしていたユッキーだったが、自分も心配でその後の様子を聞いてみようと思っていたところだった。

「実はね、あれから四~五日して静岡県警の刑事から連絡があって、雄一郎さんはアチコチ骨折してたけど無事救助され、命は取り留めたんですって。それでその自供から逃亡した二人の誘拐犯も逮捕出来たって。凄く喜んでお礼を言われたわ!」

「エーッ、本当? よかったじゃん。フッチーが死に物狂いで頑張った甲斐があり、事件も早々と落着ね!」

「マア、そうでもあるけどさ。その男達二人が実はそれ以上に飛んでもない悪党でね!」

「飛んでもない悪党? まだ何か余罪があったとか?」

「ウン、でもその前に愛美ちゃんと雄一郎さんのややこしい関係から話すわね。愛美ちゃんからも二~三日前にお礼の電話があったのよ」

「エーッ、フッチーが車内で言っていた? その話、聞きたい、聞きたい!」

「まず雄一郎さんはというと、愛美ちゃんと同じ湯ヶ島の温泉旅館だった潮流館の一人息子さんだったの。

それで五~六年前、組合で知り合った二人は親同士も許す恋人で、将来を誓い合う仲になっていたのよ」

「将来を誓う恋人同士? 素敵ーっ」

「ところがさ。三年前の夜、潮流館に強盗が入って寝室にいた御両親は斬殺されたのよ。枕元の大型金庫は金が盗まれ扉は開けっ放し。

しかも同時に放火され、潮流館は全焼してしまったの。入り口、横の古い倉庫だけを残してね。御両親は遺骨だけとなり、従業員と一緒に逃げた雄一郎さんは一人生き残った。だけど彼は警察から取り調べを受け、両親殺害と金庫内の金略奪容疑を掛けられたんですって。その後どうしようもなくて旅館を廃業し、一文無しになった。安アパートに住み日雇い労働者として惨めな暮らしをしていたらしいよ」

「そんな！　いくら何でも信じられないわ！　自分の両親を殺したなんて本当なの？」

「ウン、そうじゃないと思うよ。だけど当然愛美ちゃんとの結婚も破談になり、絶望的な日々を送っていた。そんな時、偶然あの二人に出会ったのよ」

「エッ？　どうして？　何故あの誘拐犯の二人に？」

「不運なことに同じ作業現場にあいつ等がいたんだと。親切そうに近寄ってきたので、お坊っちゃんで人の良い雄一郎さんは、つい身の上話をしてしまった。愛美ちゃんのことも潮流館全焼の話も全部ね。

『何だって？　遠くからチラッとしか見たことはねえが、花風荘の娘といえば別嬪で有名だ。あの娘とお前がねえ？

　フムフム、だとすると将来ある二人がこのままではメチャ気の毒じゃねえか？

　お前も俺達同様一生うじ虫みたいに日銭を頼りに生きていくんだぞ！　よく考えてみろ！　若い内が花だ。花風荘の娘と駆け落ちして一緒になればいいだろうが。なあそれがええぞ！

それには差し当たり当座の生活資金が必要だろう？　いいってことよ。俺達に任せておけ！

娘を拉致してその親から少々の金をお借りするだけだ。お前はその金を持って娘と遁ずら。何処かで幸せになればいい。俺達二人はそのおこぼれをちょっぴり礼金として頂く。どうだ、割のいい話じゃねえか？』

愛美ちゃんを諦め切れないでいた雄一郎さんは、悪いと知りながらついその話に乗ってしまったんだって。愛美ちゃんから話をよく聞いてみれば気の毒で、私だって無理もないと思ったよ」

「そうか！　それで愛美ちゃんの顔をよく見ていなかった奴らは、道の駅の駐車場でフッチーと見間違え拉致してしまったのね。でもそのお陰で悪い奴等は逮捕されたんだからいい気味だわ！　拉致したのが愛美ちゃんでなければ、雄一郎さんが手を引くのも尤もだしね」

「ところがさ。それどころじゃないんだよ。警察が余罪を色々追及したら、何とその二人が自白して三年前の潮流館に押し入った強盗殺人と放火の実行犯だったと判明したんだ！

主犯の一人が旅館の仲居と懇ろになり、主夫婦の寝室にある大金庫内には常に二〜三千万円は入っていると聞き出した。

何か以前から預けていた銀行にトラブルがあり、タンス預金に切り替えたらしいとね。金に困っていた二人は深夜にこっそり夫婦の寝室に忍び込み、手際よく縛り上げて鍵の束を奪い取った。

　その中の一本で金庫はすぐ空いたけれど、何と期待外れで中味は空っ穴。無関係な書類が四～五枚入っていただけだった」

「エエッ、フッチー、それってあの二人が本当に？　なんて酷い！　……」

「当てが外れた奴等は腹を立て部屋のカーテンや家具に放火して外へ逃げ出した。その時手に持ったままの鍵の束は逃げる途中、旅館の近くの竹藪に捨てたというんだけどね。でもその鍵が見つかれば指紋照合で犯行は確実に証明される。あいつ等に鴨にされ、踏んだり蹴ったりの雄一郎さんの容疑もやっと晴れるんだよ！」

「成る程ね！　それじゃあ早くその鍵が見つかるといいんだけど。

　それにしてもフッチーはそんな込み入った話までよく知ってるわね？」

「ウン、まあね。瓜二つの姉妹みたいな愛美ちゃんに間違えられた手前、他人事とも思えず親身になって相談に乗ってあげたのよ。

　いくら二人が相思相愛でも雄一郎さんがあんな身の上じゃ結婚出来ないし、つい同情してね。これも御縁だからいっそ私達の独身女同盟に入れてあげようか？」

「同情して私達、独身女同盟ねえ？　分かったわ。よく考えとく。それはそれとして今夜はもう遅いから続きは又にしない？」

　一頻り話を聞いてからユッキーは眠くなり大あくびだ。

「ハイハイ御免、了解だよ！　又電話するわ！　ゆっくりお休み」

フッチーはそこまでで電話を切ったが、話を聞いたユッキーとしては愛美と雄一郎が可哀相でならなかった。

自分もこの先どうなるのか分からない。切ないロベルトとの遠距離恋愛を経験している。それ故辛い二人の気持ちが手に取る様に分かるのだ。運良く結ばれて幸せになってくれればいいがと、これも又他人事とは思えず祈る想いだった。

それから二〜三日後、ユッキーは久し振りに交流館の夜の部、趣味の歴史講座に出席してみた。

「オーッ、ユッキー殿、やっと亀田(かめだ)じゃ！」

「エッ、やっとか目？」講師の桐生(きりゅう)はユニークで冗談タラタラである。

「フランス旅行は無事帰国と聞いたがのう。

その後土産も届かずサッパリで生きてるのか死んでるのかどうしておった？　会員一同皆心配しておったぞ！」

何時もと変わらず愛嬌一杯の笑顔で迎えてくれたが、ユッキーは堪らずキャッキャッと笑い出してしまった。

何故って面と向かったその顔が、やっぱりフランス旅行のあの時、ヴェルサイユ宮殿やモンサンミシェルの橋で擦れ違った殺人犯の一人、猿顔男にそっくりだったからだ。

フッチーにしても同様、この世には誰しも自分のそっくりさんが二〜三人はいると聞くが、偶然な出会いには驚いてしまう。

「オヤ、僕の顔に何か付いているか？　しかしそんなに喜んでくれるとは失礼というより有り難い。講師冥利に尽きるがのう！ササ、とにかく早く最前列に行って皆にヴェルサイユの土産話を聞かせてやってくれ！」

確かに桐生の言う通りフランス旅行帰国後、フッチー一家との伊豆旅行もあり何かと慌だしかった。その為、講座は一～二ヶ月間御無沙汰していた。

言われるままに最前列で一礼し掻い摘んで旅話をしたのだが、聞き入っている会員一同は殆どが旅行好きで暇を持て余した年配者だ。

皆喜んで熱心に耳を傾け、終われば笑顔で拍手喝采である。

「どうもどうも、ユッキー楽しかった様だな？　エーとそれで序での話といっては何だが、会員様達の御要望もあり、こちらも近々バスツアーを予定しておるのであります。前回の大阪城巡りツアーがバカ受けだったので、次は岐阜城へという流れになった。

実地学習という計画なのでユッキーもどうかね？」

桐生が思いがけないツアー話を切り出した。

「エッ？　岐阜城へですか？　今テレビで話題のあの織田信長縁の？」

「そうそう、そうなんだ。しかもだよ！　今回は高山まで足を延ばし、最高の天然温泉で一泊というスペシャルプランを打ち立てた。

元々儂の実家が高山なんでな。温泉の効用には詳しいし下調べしてある！」桐生は自信タップリに言い放った。

「ユッキーちゃん、御一緒しましょうよ。先生もああ言って下さるし、よければ大阪城巡りでも何かとお世話になった、あのとても元気なフッチーとかいうお友達もお誘いしてみては？　高山ラーメンや飛騨牛ステーキ、自然の露天風呂も素晴らしいそうよ！」

会員の中ではユッキーと親しく口を利く浜口が後の席から呼び掛けてきた。

浜口は六十歳位だが気さくな性格で、以前一緒にお茶したこともある人のよい未亡人だ。

「ウーン、岐阜城は一度上ったことがあるからいいけど、高山ラーメンに飛騨牛ステーキとは凄いわね！」

如何にもフッチーが飛び付きそうな美味しいメニューだが、一泊二日のツアー費用は日帰りの前回と比べ可成りのグレードアップなのがきつい。

「参加したいとは思うのですが、他の予定も色々ありますし、少し考えさせて下さい」

「是非宜しくな。返事は来週の受講日までに頼むよ！」

高山といえば愛知県内ではないが有名観光地で、自分としては興味もある。しかし下見に行くだけならともかくツアー費用が掛かるのだ。浜口とは違い、そうそう遊んでいられる身分でもない。今回ばかりは桐生にもその場で返事という訳にもいかなかったが。とにかくフッチーには相談するつもりだった。

ところが結局、このツアー行きは断る結果になってしまった。何故なら二〜三日後、ユッキーの耳にフッチーから前代未聞、驚くべきビッグニュースが入ったからである。

「あのさ、ユッキー。昨夜愛美ちゃんからお世話を掛けたお礼にと、改めて花風荘へ招待するからもう一度来て欲しいっていう電話が入ったんだ。でも詳しく話を聞くと、嬉しいというより何か羨ましくて悔しいったらないよ！

こうなったら道の駅『天城越え』でわさびソフトクリーム百個奢るから一緒にムチャ食いしようぜ！」

「ハアッ？　ソフトクリーム、ムチャ食いって、いくら何でも百個なんて五個位なら何とかなるかも知れないけど、招待って一体どんな話なの？」

フッチーの様子は何故だか異様な興奮状態である。

「確かこの前、放火された潮流館の鍵の束がどうのって話ししたよね？　ホラッ、あの悪どい奴等が近くの竹藪の中に捨てたっていう？」

「ウン、それが見つかれば指紋が採れるってフッチーは言ってたけど？」

「それを警察が総動員で捜索し、ついにやったのよ！　土の中から見つけてくれたんですって。

ところがその束の中の一つが焼け残った倉庫の鍵でさ。念の為に倉庫内を確認して貰ったら、それが所狭しと価値ある骨董品の山。しかも端っこの大壺の中には何と一万円札がギッシリ、その数四千枚！」

「エッ、今何て言った？　四千枚、四千万円？　ヒエーッ。

フッチーったら悪い冗談はよして！」

ところがフッチーは珍しく笑わないし真面目な話し振りだ。

「私だって最初愛美ちゃんから聞いた時は本当信じられなかった。だけど殺された御両親は銀行に預けるのを止め壺預金にしたんだと。昔話の桃太郎じゃないけどさ。

それで雄一郎さんは余裕で今後の生活費もゲット。

愛し合う二人は来年の春には幸せな結婚をするんだって！

目出たし目出たしだけど、私に取ったら目の上のたん瘤、羨ましいったらないよ！」

折角お目出たい話なのに最後の方は悔し涙が出そうな切ない言い方である。

「凄～い。二人はハッピーエンドね。でもそんなの何かズルーイ。

フッチーじゃなく私だって羨ましいよ！」

「ユッキーもそう思うよね？　でも愛美ちゃんも自分や雄一郎さんの所為で酷い目に遭った私やユッキーを気遣ってくれ、雄一郎さんと二人で改めてお礼を言わせて欲しい。だから豪華一泊で招待したいって！」

フッチーは一旦話し終わると、電話の向こうで自棄糞みたくガッハッハとおっさん笑いした。置いてけぼりを食った独身女同盟なんて、仲間に入りたい人なんている筈もないと悟ったのか？

しかし同病相憐れむ、ユッキーも一緒に声を揃えハッハッと笑い飛ばすしかなかった。

「フッチー、それで愛美ちゃんの言う招待日は何日頃なの？」

ところがフッチーからその予定日を聞いた時ハッと言葉に詰まった。念の為確認してみると、その日はやはり歴史講座のツアー日と重なっていた。

「あのね、フッチー」

「ウン、エッ？　何？」

ところが話そうとしたユッキーは、ふと躊躇った。

伊豆花風荘の一泊は先方の豪華御招待、片や高山の温泉へのツアーは自分持ちでしかも料金はグレードアップ。

二者択一となればフッチーがどちらを選ぶかは、金銭的感覚から言わずと知れたことである。

残念ながら高山ラーメンも飛騨牛ステーキも今回はお預けだ！

「ウーン、エート、何でもない。何でもない！

それより今度愛美ちゃんが私達に雄一郎さんを紹介してくれるのね。楽しみだわ。だけどその前にソロソロ愛知県内の有名温泉探しに取り掛からないとね！」

フッチーに任せはしたが、そのままになっている。自分もふとロベルトの喜ぶ顔を思い浮かべた。駄目なら自分が何とかしなければと苦笑した時だった。

「それで次はロベルト様御招待の方の話なんだけどさ！」

ところが今になってそんなユッキーの気持ちを見抜いてか、フッチーが偉そうにエヘンと咳払い一つ。

「伊豆では終始お世話になった田上さん、覚えてるでしょう？　実はこの話をあの旅行代理店専務に相談してみたんだわ」

「フムフム、田上さんに？　だけどパンフレットなんかは先に貰って調べてたんでしょう？」

「本当は山に積んでただけでゲッソリ、見る気がしなかったんだ。でもこの際だからと本人に詳しい事情を話してみたよ。

そしたらさ。

『外国人旅行客様は温泉も好きだけど、古式豊かな神社仏閣にも興味津々だそうですよ。それなら私のお勧めは三河湾沿いの蒲郡辺り。日暮れ時の散歩は風に吹かれ竹島橋を渡れば、海に沈む夕陽もロマンチック。余りの美しさにウットリして時を忘れる。これはデートコースとしてもお勧めですね。天然記念物指定である竹島の階段一〇一段を上ると、そこが蒲郡観光のパワースポット日本七弁財天の一つ、八百富神社とか八大龍神社など五社が祀られており、そぞろ歩きしながら参拝すれば心も清く洗われ和みます。おみくじもこれ又珍しく「大大吉」も出るそうで商売繁盛、夫婦円満など御利益満載。充分、日本古来の雰囲気に浸れるし、どなたも大いに感激されると思いますよ。

近場はというと人気のラグーナ蒲郡や竜神と乙姫様の竹島ファンタジー館、アシカショーや可愛いカピバラも新設で人気の竹島水族館でお迎えしてくれます。宜しければ美しい三河湾を一望する一推しの高台ホテルを紹介しますよ。リーズナブルですし支配人とは懇意にしていますから、急な予約でも便宜を図って貰えると思います。以前剛吉さんにお渡ししたパンフレットよりもう少し詳しい資料を二、三枚お持ち致しましょう』

なんて言ってくれたのよ！　だからね。この際その道のプロにお任せしたいけど駄目かしら？　田上さんには伊豆での別荘見学も出来ず、その上色々御迷惑掛けたお詫びもあるしね！」

「エーッ、フッチー、分かったわ！　それなら了解よ！　雄一郎さんと愛美ちゃんみたく桃太郎話はバツだけど、これもおにぎりコロリンの昔話で瓢箪から駒ね？

こんなことなら最初から田上さんに頼めばよかった位だわ。でもこれでこっちの難題も解決、フッチーのお陰で又又一件落着よ。有り難う！」

「どういたしまして。これでロベルト様への責任感の重さから逃れられて正直ホッとしたわ。じゃあユッキー、お任せするから後は本人に連絡して予定を聞いてみてね！」

「分かった。そうするわ。彼も仕事柄世界中を飛び回ってるから、都合で一～二ヶ月先になるかも知れないけど。

その旨田上さんにくれぐれも宜しく伝えてね、お願いしま～す！」

ユッキーにとっては危っかしい遠距離恋愛であるが、温泉に入り一泊なんて今度こそゆっくり積もる話も出来そうだ。そう思うと楽しみで胸がドキドキする。

ただ一つ厄介なのはフッチーもロベルトとの楽しい三人デートを期待しているのだ。フランス旅行の時みたく、おじゃま虫はコリゴリである！　でもそんなユッキーの想いもうらはらに、電話の向こうからフッチーの聞こえよがしな笑い声が高らかに響いてくる。無二の親友であるユッキーも、相手に見えないのをいい事に渋い顔でヒッヒッヒと笑うしかないではないか？

次回予定の三人温泉旅行もおっかなびっくり、さらにさらにミステリアスな小旅行が待っているに違いない。

第四話チャプターⅠ　完

蒲郡竹島に散った乙姫の恋

ユッキーとフッチーのミステリー事件簿（第四話）チャプターⅡ

「ワアッ、何て感動的、眼下は広々と続く三河湾、前方に三河大島、左側は渥美半島、静かに波打って素敵だわ！」

それは伊豆旅行騒ぎから半年後、五月半ば、ある吉日のことだった。

高台の切り立った駐車場に車を入れると、大海原を前にしたユッキーとフッチーは顔を見合わせウットリ。

運転手のユッキーが車を降りると、先に来ていた愛知観光専務田上（たがみ）がホテル前で手を振り出迎えてくれている。

「アラッ、田上さん、何時ぞやの伊豆旅行では私もフッチーも大変お世話になりました。今日は宜しくお願いします」

ユッキーの会釈の後に助手席のフッチー、後部座席のロベルトも外に出て挨拶した。

「オオッ、ボンジュール、メルシー、田上サン、ユッキートフッチーカラ大変オ世話ニナッタトオ噂ヲ聞イテイマス。

愛知県ノ蒲郡ハ初メテデスガ愛知県ノ人気ホテルノ温泉ト食事ヲ楽シミニシテヤッテ来マシタ」

「ハアッ、いやそんなお世話になったという程ではありませんが、では私も御挨拶を！ユーアーウエルカム、マイネームイズアキオタガミ、エ～っと？」

フランス人刑事のロベルトが珍しいのか、田上は緊張して冷や汗を掻いている。

「嫌だわ、田上さんったら、国際警察のロベルトはドイツ語、英語、フランス語は勿論、日本語だってペラペラだから気にしなくて大丈夫だって！

それよりこのドッサリ重い荷物運び何とかして貰えない？」

今日はお客だとばかりフッチーは上から目線でゲラゲラ笑っている。そして人使い荒く車のトランクを指差した。

「ハイハイ、フッチー、勿論ですよ。まだチェックインの時間には三十分も早いので慌てなくていいです！」

フッチーの父親剛吉の後輩である田上は、相変わらず気の強そうなフッチーの言葉に苦笑しながらもロベルトとはしっかり握手した。

「それでは当人気ホテルの支配人を紹介しますので、こちらからどうぞ！」

旅行ケースなどを両手に抱えると三人を案内してサッサと正面入り口へ入って行く。

「これはどうもいらっしゃいませ。豊田市の宮野御一行様ですね？　フランスの国際的刑事様もご同伴と聞き先程から首を長くしてお待ち申しておりました！」

フロントに案内されると、五十代位の支配人が従業員共々にこやかな笑みを浮かべ歓迎してくれた。

ところが眼鏡の奥で笑っている親しげな支配人を見て、ロベルトはフレンドリーに声を掛けた。

「ボンジュール。今日ハ一宿一飯ノ恩義デオ世話ニナリマス。露天風呂入ルノハ初メテデスガ風流デイイデスネ。トレヴィヤン、トテモ楽シミデス！」

ロベルトは先程から「初めて」を連発していたが、その様子を見てユッキーとフッチーは大慌て。

「一宿一飯って何？　いくら露天風呂が風流だからって森の石松じゃあるまいし失礼な？」

「ホウ、トレヴィヤンですか？　それはどうも光栄で御座います。当ホテルではお勧めの天然アルカリ単純泉、天然ラドン温泉と二種類の源泉があり、どちらの効用も常連客様方に大変喜ばれております。

　一宿一飯と言わず五宿でも十宿でもどうぞごゆっくりなされませ！」

けれど支配人も心得たもので上手くロベルトに話を合わせてくれたのでユッキー、フッチーはホッとし笑顔で目礼した。

　田上の紹介なので事前に英文パンフレットを用意したり、親切に準備を調えていてくれたらしい。

「御予約の二部屋は二階になりますが、注文通り最高グレードのスウィートですよ。後は担当の係員さんが御案内しますのでお楽しみに。私はこれで失礼しますが、次の手順の関係で二～三十分はロビーで休憩させて頂きますので、何か不都合があれば今の内にお聞きしますが？」

　田上がそう言葉を掛けてきたので三人は礼を言い一旦別れを告げた。その後女性係員の後に付いて部屋に向かうことになった。

ところが一階のエスカレーター前で三人の足が止まった時、突然後ろで煩い喚き声が響いたのだ。驚いて振り向いてみると、今入ってきたばかりの男性客らしいのがフロントで何かトラブっているかの様子だ。

「五階の端ですと？　その部屋はロケーション的に見ても展望が悪いんじゃないか？　なあ君、宿泊費はいくらでも出すから別の部屋にしてくれんかね？」

周囲にお構いなく無遠慮な大声である。

「申し訳御座いません！　急にお一人様追加と言われましても、その他の部屋は全て御予約で詰まっておりまして、それに心配されずとも全室三河湾、オーシャンビューで同じ様に絶景で御座いますよ」男性フロント係は恐縮するばかりだ。

「そこを何とか！　実はその、あちらに見える藤原俊成卿（ふじわらしゅんぜいきょう）縁の竹島で明日孫娘が祝言を挙げるんじゃ。儂の弟子達も祝いに駆け付け、それぞれが競って俊成卿に肖り短歌を詠むと言い出してな。一人増えて五名になったが、一世一代の目出たい結婚式故三河湾と竹島を前にして、同じグレードの部屋が眺めうる平等な視点で創作したいと言う。それも学習熱心な弟子の立場からすると尤もな話で、指導者として頭を痛めておる！」

ユッキーがエスカレーター前から首を伸ばして見ると、六十代位のスーツ姿の紳士がやはり同世代らしい和服の女性五名程を後に従えながら、腕を組んでイラついている様子だ。

ところがそれをじっと観察していた我がフッチーが、物好きにもその紳士に思いの外興味を示したのだ。

「フーン、今短歌がどうのと聞こえたよね？　気になるからちょっと偵察してくるわ。ユッキー、ロベルト、悪いけどここで少し待っててよ」

「エッ、短歌がって何故？」

ユッキーは悪い予感がして引き止めようとしたが、その時は後の祭り。フッチーはスタスタと紳士達の一団に向かって歩き出していた。

「あのう、失礼ですがお見受けしたところ短歌関係の先生ですか？　随分お困りの御様子ですが？」図々しくも一礼した後、声を掛けたのだ。

「アーッ、いやあ、そちらまで聞こえましたか？

ついつい興奮して、どうもお騒がせしました。実は私はこういう者でして」

近くでよくみれば口髭を生やし風格もある人物だったが、フッチーには低姿勢で名刺を差し出した。

「エーッ、滋賀県立〇〇大学客員教授？　凄～い、大学の偉い先生？」

ひっくり返して裏に目を留めるとフッチーはさらにびっくり仰天。

「滋賀県和歌連盟所属日本千歳会会長、歌人指導者、斎田元道（さいたげんどう）？　エーッ？　凄～い!?　歌人、斎田元道さんって、このお名前、有名なんでしょ？　確か叔母から聞いてるわ。テレビやラジオで短歌指導や解説をしている方ですよね？　こんな所で本物にお会い出来るなんて何て偶然なの！」

「本物には間違いありませんが、そんなに驚かれることはないですよ。少々名の売れた歌人といえどもそれだけで食べていける程世の中甘くないですし、大学も客員教授なのでね」

「エーッ、謙遜ですか？　でも私も母の姉、道江（みちえ）叔母さんが地元の短歌同好会の会員なんですよ。近頃頑張って記念歌集を出版したりして、その所為で高尚な趣味だからと私まで入会を勧められました。

　だからちょっと短歌に興味を持ちお声掛けさせて頂いたんですが？」

「オウ、それは結構ですな。それなら私が主宰する千歳会、蒲郡開拓の祖、藤原俊成卿をお祀りしている千歳神社に肖った和歌の会ですがね、是非お名前を御登録下さい。私からワンポイントレッスンが受けられますので、叔母様にもどうぞ宜しくお伝え下さいませんか？

　それにしても最近は新しい風というか川柳が人気で、若い世代の弟子入りも大変増えておりましてね。

　明日結婚する孫娘も天性の見所があり、私の後継者にと考えておりますが、まだ二十五歳です。貴女様と同年位でしょうかね？　頼もしい限りですよ。

　結婚相手はやはり孫で従兄弟同士ですが、母親共々千歳会の会員ですよ。他に三十三歳の息子がおりまして、これ又才能豊かでラジオでの短歌解説を担当させております」

「マアッ、御家族揃って高尚なんですね。でも今何と言われました？　私が二十五歳？　そんなに若く見えますか？　お恥ずかしい！」

その時フッチーは二十五歳などと見え透いたお世辞を間に受け有頂天になった。

「叔母に尊敬する斎田先生の話をしたらきっと喜ぶと思うわ！　それにこれも何かの御縁ですし、宜しければ私達が予約した三河湾の眺め抜群だという二階のスイートと替わって差し上げましょうか？」

フッチーは余程調子付いたのか？　招待旅行だからとユッキーと二人で奮発したスイートと一般室とあっさり交換してしまったのだ。

離れた場所で様子を見ていたユッキーは、フッチーの勝手な行動にびっくりしゃっくり目が回る程驚いてしまった。

「エッ？　それは御親切に！　何とお礼を申し上げていいやら！　それではそのお礼と言っては何ですが、十分間のワンポイントレッスン券を無料で差し上げます。後で私の部屋に来て住所、氏名をお書き頂ければ簡単にお手続き出来ますよ！」

「エッ？　無料で？　宜しいんですか？　勿論後でお伺いします！」

節約家のフッチーは無料と聞き大喜び、斎田もホッとした様子で五人の弟子を引き連れ、一旦横にある喫茶室へと引き上げて行った。

「本当に呆れるわ！　フッチーったら相変わらずね！

だけど困ってる人を助けたんだから今度だけは目を瞑ってあげる！」

ユッキーは内心ではムカついていたが、ロベルトの部屋も超グレードの高い二階のスウィートなのだ。どうせそこで深夜まで三人屯して飲み食いするんだからまあいいか、と自分を納得させたのである。

「ユッキー、ゴメン、でも許してくれるの？　じゃあそのお詫びに今からロベルトと二人っきりにしてあげるわ！

私はその間先にホテルの廊下をグルリと回ってチェックしておくよ。後で迷わない様にね。

パンフにあるお肌の美白にいい二種の天然温泉とかアンチエイジングウオーター、七種の健康茶？　カラフルな土産物売り場も下見しておきたいし、カラオケルームも覗いてみたいわ。後でロベルトにフランスのシャンソンとか歌って貰おうよ！」

「フーン、フッチー、それはいい考えかも。じゃあ私もロベルトと二人で竹島橋辺りをブラブラ散歩してくるわ。

明日三人で竹島へ行くからその下見っていうことでいいの？」

「ウン、いいよ。荷物と部屋の鍵はフロントに預けておくし」

フッチーなりに二人に気を遣ってくれてるのか？　バイバイと手を振るとロビーの奥へサッサと行ってしまった。

『フッチーったら口では三人デートなんてお邪魔虫言いながら、本当は思いやり深いんだわ！』

ユッキーはクスリと笑い隣で同じ様に笑っているロベルトの顔を見上げた。

「ロベルト、フッチーのお言葉に甘えてタクシーを呼んで貰いましょうよ。この近くだから十分で行けるらしいわ」

予定では明日フッチーと二人でロベルトを竹島に案内する筈だったが、思い掛けず二人っきりのチャンスが訪れた。

思えばフランス旅行の時、モンサンミシェル島のホテルで互いに愛の告白をしたっきり、そのまま遠距離恋愛だ。勿論フッチーは告白のことは知らない。しかし、それからもう半年以上が過ぎてしまっていた。

「ワアッ、ここは潮風が強くて飛ばされそう！　でも頬に当たって気持ちいいわ！　ロベルト、もう少し先まで歩いてみない？」

田上は日暮れ時、ホテルからの景色も美しいが、夕陽を浴びながら竹島橋を渡るのが最高にロマンチックなデートコースだ、などと言っていたらしいが、残念ながらお日様はまだサンサンと頭上で輝いている。

「パルドン、ユッキー強風ニ攫ワレナイ様、私ニシッカリ摑マッテ下サイ！」

「ロベルトは優しいのね！　有り難う。じゃあ遠慮なく腕に摑まるね。でも時間がないから今日は竹島までは行けないのよ！」

ユッキーはロベルトの優しさに引かれ、心が高ぶり、その時ふとモンサンミシェル島の橋を思い出した。あの橋はこの竹島橋よりずっと規模が大きく遠かったが、フッチーと二人でブツブツ不平不満を言いながらエッチラオッチラスーツケースを引いたのだ。

本当はモンサンミシェル島まで、ロベルトと二人でロマンチックムードで歩きたかったのにと。けれど今になってやっとこの竹島橋で想いが叶ったではないか。

「ねえ、ロベルト、そういえば、ここから見る竹島の景色は何だかモンサンミシェル島とよく似ていない？」

「ソウデスネ。確カニ。モンサンミシェル島ニハ修道院ガアリ、蒲郡ノ竹島ニハ神社ガ祀ラレテイマス。ドチラモ神聖ナ島デスヨ！」

「そうなのね？　よかったわ。こんな神聖な竹島に愛するロベルトを招待出来て！」

「ウイ、私コソ有リ難ウ。フランスデハ仕事ガ忙シク、ユックリデートモ出来ナカッタネ。デモ今日ハユッキーニ会エテトテモ幸セデス！」

会話の流れで自然と甘い雰囲気になり、もしやロベルトから結婚の申し込みが？　と、ユッキーがほんのり顔を赤らめ期待した時だった。

「ユッキー、チョット後ロヲ見テ下サイ。アノ人達ハフッチーガ部屋ヲ替ワッテアゲタ短歌ノ師匠ノ一団デハナイデスカ？」

突然、欄干に凭れていたロベルトが陸地の方向を指差した。

ユッキーがその声につられ振り向くと、確かに四～五人が橋の真ん中をこちらに走ってくる。

よく見ると先頭は斎田教授だが、後の年配の女性達は追いつけない様子で息急き切って足元もフラついているのだ。

「エェ、そうらしいわ。でもあんなに血相変えて急いでるわ？　どうしたのかしら？」

そういえば、斎田は明日竹島で孫娘の結婚式を挙げると言っていたが？　ユッキーが首を捻りながら様子を見ていると、一行は橋の隅にいるユッキーやロベルトには目もくれず、前をアタフタと通り過ぎていくではないか。

「オオッ、マダム、ソンナニ急イデハ危ナイデスヨー。竹島デ何事カアッタノデスカ？」

ところが最後の一人の足が縺れて転びそうになり、既のところで見ていたロベルトが抱き止めたのだ。

「アレッ、御親切に有り難う御座います！　私にもよく分かりません。ですが、午後から結婚式の下準備で竹島に来ていた花嫁の里花（さとか）さんが突然自分から海に身を投げ飛び込んでしまい、運良く救出はされたのですが、もう息をしていないそうです。

十分程前に里花さんと花婿である息子の清彦（きよひこ）さんに付き添っていた月代（つきよ）さんから連絡があり、私共も大急ぎで駆けつけるところですが、とにかく一大事なのでこれで失礼します」

「ソウデスカ？　ソレハ大変ダ！」

ロベルトは話を聞くと、一瞬眉間をピクリと痙攣させた。

「パルドン、ユッキー、現場ノ様子ヲ見テ来ルノデ二～三十分ダケココニイテクレマセンカ？」

ロベルトは今になって急に刑事魂に火がついたのか、ユッキーの返事も聞かずそのまま黙ってすっ飛んで行ってしまった。

風より速いと思える勢いでモタモタしている女性達を次々と追い越して竹島を目指したのだ。アレヨアレヨという間のことで、ユッキーはカッコイイその後ろ姿を欄干に凭れ一人ポカンと見ているしかなかったのだが。

それからすぐにパトカーと救急車が、ユッキーの目の前を通り過ぎ島の入り口で止まるのが見えた。しかしそれから三十～四十分は過ぎ、お日様が海に傾いてくるのは分かったが、ロベルトはまだ戻ってこない。

フッチーを一人ホテルに残してきたし、どうしようかと迷ったが、このまま一人で帰る訳にもいかない。

それならばこっそりと現場にいるロベルトの様子を見に行こうと決めた。

橋を渡り切り一〇一段の石段を上ったところで神社の境内から騒々しく泣きじゃくる声が聞こえた。

「お父さん、里花ちゃんに強引に清彦との結婚を勧めた私達が間違ってたのかしら？　それにしてもこんな時に死ななくってもいいのに！　それでも何だか奇麗な幸せそうな顔をしてるわ？」

「目出たい結婚式を控えて一体どうしたんだ？　里花、生きてるんだろ？　起きろ！　目を覚ましてくれ！」

『お父さん？　泣いているのは斎田教授の娘さんなのね？　それで花嫁と花婿は従兄弟同士なんだ！』

よく見てみようと恐る恐る階段の上に足を踏み入れたが、目の前に立入禁止のロープが張ってある。

しかし七～八メートル前方の地面に見えるのは花嫁衣装なのか？　御伽話に出てくる薄ピンクの乙姫様風な出で立ちで、若い娘が一人横たわっている。その奥には警察官と共に忙しそうに動き回っているロベルトの姿も確認出来た。

『奇麗な花嫁さんだわ。お気の毒にもう亡くなっているみたい。だけどあの様子だと何か訳有りなのかしら？』

緊張してその場に佇んでいるとそれから暫くして、花嫁の遺体を乗せた担架が運ばれ静かに石の階段を下りて行く。鑑識の検証も一応終了したらしい。

ユッキーは隅に寄り手を合わせていたが、その前を先程の女性達も項垂れて後に続いて行った。「お可哀想に、どうしてこんな姿に？」などと口々に呟きながら。

先に歩く斎田教授も辛そうに肩を落としていた。しかしユッキーがふと見ると、遺体に付き添いながら何か黒っぽい小型な物を右手にしっかり握り締めている。そしてその小物を隠す様な仕草で慌てて服のポケットに入れたのだ。ユッキーは丁度それを見てしまった。

『エッ？　何だろう？　こんな時に不似合いな教授の煙草ケース？

それとも花嫁の遺品だったりして？』

その動作は別段気にする程の大事でもなかったが、後になってその不自然さの理由も判明するのである。

そしてその頃になるとロベルトもやっとユッキーの存在に気付いてくれた。

「アッ、ユッキー、エクスキュゼモワ！　私ガ地元警察ヨリ先ニ駆ケ付ケタノデ、身分ヲ明カシタトコロ事件ノ捜査主任ヲ頼マレマシタ。

花嫁ノ里花サンガ他殺カ自殺カモマダ不明デ調査セネバナリマセン。祖父ノ斎田師匠ハ仕事ノ関係デ色々手配ガ必要ナノデ、一旦滋賀県ノ自宅ニ帰リタイト言ッテイマス。

後ノコトハ娘ノ月代サンニ任セルソウナノデ、直接事件ニモ関与シテオラズ許可シマシタ。

シカシコレカラ月代サン、清彦サン、八百富神社ノ宮司サンヤ関係者ノ方達ニ改メテ事情聴取ヲ受ケテ貰ワネバナリマセン。

ホテルニ帰ルノガ遅クナルノデ、先ニフッチートニ人デ食事ヲ済マセテクレマセンカ？」

ロベルトの予想外の言葉にユッキーはガックリきた。

「エエッ？　だって折角のバイキングディナーが一緒に食べられないの？　そんなの旅行

に来た意味がないじゃん！」

つい鬼の様な形相になり口を尖らしてしまったが、いや待てよ、とそれ以上の本音は言わず無理に笑顔を繕った。こうなれば仕方がない。せめて事件の内容を聞き出してやろうと気持ちを切り換えた。

「分かったわ。気の毒な里花さんの為にも早く事件を解決してあげてね！　でも斎田教授の娘さんが月代さんで花婿の母親なのね？

様子を見ていたら何だか訳有りの結婚みたいだったけど？」

「ソウデス。私ガ島ニ駆ケ付ケタ時、月代サンハ興奮シテ泣イテイマシタガ、色々問イ質スト複雑ナ内情ヲ話シテクレマシタ。ソノ結果コノ結婚ハ斎田師匠ノ後継者問題ガ絡ンデイルラシイデス。

長年父親ノ指導スル千歳会ニ籍ヲ置ク月代サン親子デシタガ、行ク行クハ息子ノ清彦サンヲ後継者ニト期待シテイマシタ。トコロガ師匠ハ病気デ死亡シタ長男ノ娘、孫ノ里花サンニ歌人トシテノ秀レタ才能ヲ見イ出シマシタ。養女トシテ引キ取リ育テル内ニ自分ノ後継者ニト決メタノデス」

「フーン、聞けば和歌の世界って伝統的な日本芸術なのよね。国宝級になってくると相続とか後継者問題も色々と大変なのかしら？」

「父親カラソノ話ヲ聞イタ月代サンハ当テガ外レマシタ。ソレナラ清彦ヲ里花サント結婚サセヨウ。二人ガ夫婦ニナリ財産ヤ地位ヲ引キ継ゲバ同ジコトダ。結局ハ自分モ二人ノ母親ニナリ安泰だから。ト本来ノ目的ヲ方向転換サセタノデス。ソシテ斎田師匠モ熱心ナ娘ノ要望ニ同意シ里花サンヲ説得シタノデス。

清彦サンハ性格ガ温和デ、元々月代サンノ言イナリデ、結婚話ハ上手ク纏マッタソウナノデス」

「成る程ね。でももしかしたら里花さんは本当は清彦さんと結婚したくなかったんじゃないかしら？」

「ウイ、ソノ疑問モ今ハ死人ニ口無シデ真実ハ分カリマセン。月代サンガ言ウニハ一緒ニ神社ノ境内ニイタ里花サンガ突然黙ッテ走リ出シ、ソノ行動ニ驚イテ清彦サント二人デ名前ヲ呼ビナガラ後ヲ追イ駆ケタソウデス。

スルト八大龍神社カラ竜神ノ松マデ行ッタ所デ見失ッテシマッタ。ソノママ階段ヲ下リテ行クト竜神岬ノ下辺り、ソコノ水面ニピンクヤブルーナドノ乙姫ノ衣装がユラユラ揺レ、里花サンガ浮イテイタト聞キマシタ。ソノ後神社ノ神主サンヤ管理係ニ助ケラレ人工呼吸モシテ貰ッタノデスガ、生キ返ラズ間ニ合イマセンデシタ。私ガモウ少シ早ク現場ニ行ケタナラ助ケラレタカモ知レマセンガ残念デス！」

ロベルトはそこまで話し悔しそうな表情をした。

「ユッキー、コレモマダ調査中デ個人情報ハ他言ハシナイデ下サイヨ！　サア、ソレデハホテルマデ送リマス。急ギマショウ！」

魅力的な笑顔で右手を差し出すロベルトはやっぱり紳士的で素敵だった。

ユッキーもそれなりの笑顔で応え、それから一〇一段の階段を二人して一気に駆け下りた。無理をしてロベルトと足並みを揃え、まるで障害物リレーみたくフーフー言いながらだったが、橋の袂に着くとロベルトが手配したタクシーが一台待っていた。

けれどその後、ロベルトはもう一度竹島に戻るというので、ユッキーは一人淋しく乗り込み、じゃあ頑張ってねと手を振りながらホテルに戻ったのである。


そしてそれから十五分が過ぎた。

「フッチー、中にいるんでしょ？　今戻ったわ。遅くなってゴメン！」

フロントで鍵はフッチーが先に持って行ったと聞き、五階の部屋まで上ってみると、不用心にもドアは開けっ放しだ。

しかも室内はいやに静かでシーンとしている。

余りに長く待たせたのできっと怒っているに違いないと思い、中に入ってグルリと見回してみた。

すると何のことはない。友人はツインベッドの片方でグーグーと高鼾ではないか。

『待ち草臥れて眠ってしまったんだわ。ゴメンネ、フッチー』

ユッキーは肩にそっと手を掛け揺り起こそうとした。

すると俯せになっている顔の下に小さな手帳が広げてある。何だろうと思ったが、まずその中の数行並ぶメモ書きに目が留まった。

『駆けこみの人に再びドア開き　田舎の電車三度も開く』

『あせりてもいつか終点梅雨晴れを　「ドングリコロコロ」泥鰌と遊ぶ』

『へーッ、田舎の電車？　ドングリコロコロ？　凄くユニークで楽しい短歌だわ？　でもここまで上手な作品をまさかこのフッチーが？』

手帳を手にしてフッチーの寝顔と見比べていると、それに気付いたのか当人が急にムクリと飛び起きた。

「エーッ、ユッキーったら何？　私の手帳を勝手に見ないでよ！　それは道江叔母さんの歌集から気に入った作品を私が書き出させて貰ったんだわ。これをお手本にして、ここで一首詠もうと思ったけど、そうは簡単にいかなくてさ！」

「アラ、そうだったの？　悪かったわ。そうとは露知らず」

「ユッキーとロベルトの帰りがあんまり遅いから、その間にこの手帳を持って、あの斎田先生の部屋に行ってみたんだ。

直接これを見せてワンポイントレッスンをして貰えば参考になると思ってさ。その前に叔母さんに電話で話したら気分よく了解してくれたし。だけど先生の部屋はもぬけの殻でお弟子さん達も外出してたみたい。仕方なく戻ってベッドで不貞寝してたという訳よ！」

「エーッ、部屋まで行ってみたの？　それって何時頃？　私とロベルトはその斎田教授のお孫さんが水死して今まで大変だったのよ。

だからホテルに戻るのが遅れたの。ゴメン！」

ユッキーは平謝りしながらフッチーに竹島での事情を細かに説明した。

「何～んだ。嫌にデートが長引いてると思えば、そんな大事件になってたんだ。斎田先生の孫娘さんがそんな風に亡くなってたなんて？　それにしても明日結婚する予定の花嫁さんが自殺？　自ら海に飛び込むなんて有り得ない！　普通じゃないよ！

今からロベルトのスイートに行って私も事件の捜査状況を聞いてみよおっと！」

フッチーもユッキーと同様な見解だった。しかしその所為でロベルトは帰りが遅くなり、バイキングディナーをパスするかも知れないと話すと流石にがっかりしていた。

実際こんな予定の招待旅行ではなかった筈だが、世の為人の為身を磨り減らして頑張っているロベルトを感謝こそすれ、恨む筋合いでもない。

「フッチー。今夜もモンサンミシェル島のレストランみたく又二人だけになっちゃったけど気にしない。気にしない。二人でドンドン爆食いしようね！」

詰まるところ後はそんな食い意地の話ししかなかったが、時間はと時計を見るとそろそろバイキングディナーの始まる頃だ。本当は食事前に美白温泉にちょっとだけでも浸かりたかったが、まだまだ時間はタップリあるのだしと、それは後回しにした。

そしてサア腹拵えだとばかり三階のレストラン&ビュッフェに行ってみると、やはり斎田教授一行の姿はなかった。ロベルトが言っていた様に滋賀県の自宅へサッサと帰ってしまったのだろう。フッチーが又々拍子抜けするのも仕方なかった。

「ワーッ、凄い！　海のもの山のもの、色んな御馳走がてんこもりだわ！　フッチー、遠慮なく頂きましょうよ！」

見れば室内は結構な賑いだったが、それ以上に室内の入り口から選り取り見どりズラリとお料理の山が並んでいる。

ユッキーは目を見張り、さぞやフッチーも飛び付くだろうと、料理を運ぶお盆を持ってきて手渡した。

けれどもどうしたことか、フッチーの動きが鈍く何時もの様に元気な手応えがない。見ると何だか顔色も酷く悪くなっているのだ。

「ウン、それがね。急にお腹が痛くなってさ。ゴロゴロいってるんだ」

「エッ、フッチー、今何て？」

「さっきベッドでだらしなく寝てたからお腹を冷やしたのかも。エアコンが気持ちよく冷えて効いてたし。

こんなのめったにないよ！　自分でも信じられないけど！」

「確かに寝相は悪かったかもね。でもここまで来てフッチーまで折角のお料理がアウトなんて!?」

しかしフッチーはユッキーの残念そうな言葉を最後まで聞かず、レストラン外のトイレに走り込んでしまった。

唯一楽しみにしていた贅沢なバイキングを前にして一口も食べられないなんて、フッチーにしては飛んだ三隣亡？　大事件である。ユッキーも仕方なくトイレの外から声を掛けたりして心配しながらオロオロしていた。

ところがそんな時に幸か不幸か？　スマホにロベルトからの着信が入ったのである。

「ユッキー、マダ捜査ハ途中デスガ今ヤットホテルニ戻レマス。ディナーニ間ニ合イマスカ？」

「アッ、ロベルトなの？　勿論よ！　大丈夫！

待っているから一緒に頂きましょう！　だけどその前に一つお願いしていいかしら？途中の薬局で下利止めを一箱買ってきて貰える？　フッチーが今急にお腹を壊してしまって！」

この際勝手なお願いだとは思ったが、それでもロベルトは快く二つ返事で引き受けてくれた。

「エッ、フッチーガ？　美味シイバイキング沢山食べ過ギマシタカ？

分カリマシタ。二十分位デ到着シマス」

ユッキーは一応ホッとした。シェフに頼んでフッチーにお粥でも作って貰おうかと迷っていたところだったからだ。

「そんな馬鹿な！　父の後継者を狙い、私と清彦が里花ちゃんを竜神岬から突き落として殺したとおっしゃるんですか？

確かに父も私も結婚を無理強いしたかも知れませんが、最終的には里花ちゃんも承知してくれました。

私達がそんな大切な花嫁を憎んで殺す必要などないでしょう？

全くの濡れ衣です！」

ロベルトは一旦竹島に戻り、神社の関係者に事件当時の詳しい聞き込みをした。その後で里花と一緒に行動をしていた月代と清彦に会い、厳しい聴取をしたが、二人は断固として事件関与を否定する。

とにかく現場周辺も隈無く探してみたが、これといった他殺の証拠品は何も出て来ないのだ。

里花が遺書でも残していれば自殺と断定出来るのだが？　結局一人で走り出したというのが事実なら、里花の行動そのものが謎に包まれたままなのだ。そんな状況で今日のところは何の決め手もなかった。とはいえ、今夜はロベルトは一旦切りを付け、ユッキーとフッチーの待つホテルに引き上げたのである。

「オオッ、トレヴィヤン、三河湾ノホテルバイキング初メテデスガ最高デス！」

ロベルトは遅くにレストランに入ったので、残り物ばかりだろうと思ったが、さにあらずバイキング料理は充分皿に盛られていた。客の多少もあるがシェフが減り具合を見計らい、常に補充し気遣ってくれていると食事スタッフから話を聞いた。

「流石有名ホテル！　おもてなし接待が行き届いてるのよ。よかったわ。ロベルトをここに招待出来て正解だったのね！」

その他にズワイガニ食べ放題、特注のあわびの陶板焼きなども絶品で、ユッキーもロベルトと二人で大喜び、このホテルならではのお勧め珍味をお腹一杯味わった。

「トコロデフッチーノ姿ガ何処ニモアリマセンガ、オ腹ハ大丈夫デスカ？　薬ハ買ッテキマシタガ？」

ロベルトはフッチーがもう先に食事を済ませたものと思っていたらしい。

「エエ、ロベルト、有り難う。フッチーは今ベッドで横になってるから様子を見てくるわ。自分も後で行くから先に食べててと言っていたんだけど、まだ来ないし？　やっぱり具合が悪そうなら薬を飲ませないと。

でも今夜のバイキングを一緒に食べられないなんて残念ね。フッチーにとっては本当に悪夢に違いないわ！」

「エエッ？　フッチーハマダ何モ食ベテイナカッタノデスカ？　ソレハ可哀ソウデス！」

「そうなのよ。あの食い道楽で五体頑丈なフッチーがこんな素敵なチャンスを逃すなんて！」

そう言いながらユッキーは、ふと口を噤んだ。フッチーが寝ていてお腹を壊したのはロベルトと自分がホテルに着くのが遅れた所為だとは、まさか言い辛いではないか。とはいえ、それどころではない。それとは別の被害まで発生するとなれば黙ってもいられなかった。

「フッチーの体調次第で今夜は私も付き添わないといけないわ。ロベルトのスウィートルームで三人して楽しく飲み明かそうと思ってたのに。でも苦しんでるフッチー一人部屋に残して私だけが出られないわよ！」

話している内に何だか急に胸が一杯になってきて涙がポロリと零れそうになった。けれどその様子を目の当たりにしたロベルトは大慌て。優しく手を伸ばしユッキーをハグしてくれた。

「フッチーモ無理セズ今夜ハ食事ヲ止メテユックリ休ンダ方ガイイデス。ソノ方が明日元通リニ元気ニナレマスヨ。大丈夫、今度ハ私ガ明日ノランチバイキング三人分ヲ注文シテオキマス。実ハ今回ノ事件捜査上モウ一泊スルコトニナリマシタカラ」

「エーッ、本当？　それならよかった！　フッチーも喜ぶわ。有り難う。私達二人は明日夜までに帰宅すればいいんだしね」

結局フッチーのお腹はまだ回復しておらず、ロベルトの忠告に従う羽目になった。その為夜は三人三様、擦れ違いとはいえ、それなりに夜は自由な楽しみ方が出来たのである。

フッチーに付き添いながらもユッキーは一人でのんびり何度も二種類の美白湯に浸かったし、薬の効き目でやっと復活したフッチーも遅くにムックリ起き上がりホットな広い温泉で癒された。

勿論ロベルトも備え付けの露天風呂で汗を流しスッキリ、サッパリ、お陰で苛酷な労働による疲労感も忘れ去った。その後は広々とした開放的な空間で一人心地よい眠りに就き、アッという間に朝まで爆睡したのであった。

「ボンジュール、ロベルト、昨夜は心配掛けて御免なさい！　買ってきてくれたお薬の効き目もあったけどお腹は今やスッカラカン、これならモーニングでもランチでも三〜四人分はドンと来いだわ！」

翌朝になるとフッチーは最初こそスマホで丁寧にロベルトに礼を言ったが、その後の口の利き方に驚く。

「エエッ？　フッチーったら本当に大丈夫？」

とにかく昨夜に比べて元気溌剌ルンルン気分だった。

朝七時になると二人はロベルトの部屋に出向き、やっと三人揃っての朝食となった。

ところが笑顔一杯で三階のレストランに向かう途中になって、ロベルトのスマホが突然ジリジリ鳴り出したのである。

隣を歩いていたユッキーは、その時何か不吉な予感がよぎったのだが。

「ウイ、オ早ウ御座イマス。私ロベルトデスガ？

マアッ、新情報デスネ？　分カリマシタ。フムフムフムフム、スグ行キマス」

それは蒲郡警察署からだったが、昨日の事件絡みで至急滋賀県の琵琶湖、竹生島へ飛んで欲しいと言う内容だった。

「斎田師匠、里花サン達ノ郷里ハ琵琶湖ノ近クデスガ、昨日竹生島デモ男の水死体が上ガリマシタ。

遊覧船ノ船長ガ発見シタソウデスガソレモ殆ド里花サン溺死ノ同時刻。一時間位ノズレダソウデスガ。

シカモ滋賀県警ノ調ベデハソノ遺体ハ斎田師匠ノ息子サンデス。妾腹デスガ里花サンノ伯父サンニ当タリ、年齢ハ三十三歳ダソウデス。竹島ト竹生島、コノ二ツノ事件ノ被害者ハ斎田師匠ノ親族ナノデ、何ラカノ繋ガリ、関係性ガアルト思ワレマス。滋賀県警ハ師匠ヲ呼ビ出シ事情聴取ヲシ同時ニ私ト情報交換ヲシタイノダソウデス」

「エーッ、それって又もや複雑な事件なのね。モーニングはまさかのドタキャン？」

「エクスキュゼモア、ユッキー、フッチー、ランチバイキングマデニハ必ズ戻リマス！」

ロベルトは申し訳なさそうな顔で手を振ると、レストランのある三階でなく、一階への階段を猛スピードで駆け下りると、ユッキーとフッチーを残し又もや行ってしまった。

今正にロベルトと二人でロマンチックに顔を付き合わせ、美しく輝く三河湾を前に香ばしいモーニングコーヒーを頂く筈だったのに！　ユッキーは、こうなると流石に大むくれだ。

「マア、ユッキー、いいからいいから落ち着いて！　美味しい朝御飯食べたら怒りも全て何処かへ吹っ飛んじゃうよ！」

ユッキーの落胆に比べ、その反対にフッチーは元気回復、顔色もよく上機嫌である。朝御飯もパンもそれにモーニングコーヒーもガブ飲みしながら調子よく喋り始めた。

「ロベルトはランチバイキングまでには戻ってくるんでしょ？　大丈夫だって。そういえば斎田教授は三十三歳になる息子さんがいると言ってたわ。水死したのはきっとその人だと思うよ！

それより昨夜遅くに道江叔母さんが、電話くれたのよ。今回の事件に関係ないかも知れないけど、藤原俊成卿に興味があったみたいで、竹島についても調べたんだって」

「昨夜遅くって？　じゃあ私がグッスリ寝ちゃった後に？」

「ウン、そうよ。それでつい目が冴えて長話になっちゃったんだけどさ。その俊成卿は鎌倉時代に三河守に任命されて琵琶湖の竹生島から蒲郡の竹島に尊い神社を移築、開拓したのよ。その時移植した数本の竹が島全体に広がり、それで竹島と名付けられたんだって。

要するに竹生島と竹島は兄弟姉妹みたいな深い結び付きなのよ！」

「へーッ、そういえばパンフの中にも俊成卿は千歳神社に祀られてるって書いてあったわね。

開拓した竹島の恩人だからなのね？」

「しかもそれだけでなく、広く知られている藤原定家の父親でもあり、凄く有名な歌人で、当時の和歌界のゴッドファーザーだったんだってさ。

それでその歌人の俊成卿は一家の中に才能ある孫娘もいて、その孫娘を自分の養女として引き取り後継者にしようとしたらしいわ。その娘が藤原俊成女といって、紫式部や清少納言の様に才気溢れる女流歌人だったというのよ」

「フーン、流石に詳しく調べられたのね。

でも紫式部や清少納言みたいに名前は一般に余り知られてないんじゃない？」

「実は息子の定家様が我こそが後継者だからと自負し、疎んじてか優秀なのに小倉百人一首には選出しなかったんだと。それで余り知られなかったのかもね。でも新古今和歌集にある恋の歌なんか哀れな感じで素晴らしいですってよ！　実際、俊成卿も源氏物語のストーリーに流れるものの哀れを、和歌の基本としたそうなんだけどね」

「へーッ、成る程ね。叔母様のお陰でフッチーも私も大部歴史的な学習が出来たわ。これって中々凄いことよ！

　だけど話を聞いてみれば、大昔の俊成卿の家族も今でいう芸能一家ね。身内で後継者争いがあったりして？　そういえば何だか今回の事件の斎田教授一家とよく似ている気がしない？」

「そう言われれば確かにそうだわ。後継者の座を狙っていた月代さん、清彦さん親子、竹生島で水死したという三十三歳の息子さんに付いてはまだ分からないけどね」

「フッチー、でも里花さんの境遇を考えると奇遇にも俊成女そっくりだと思わない？」

「フーン、教授もやっぱり現代のゴッドファーザーだよね？　俊成卿を崇拝してるから竹島へ来たんだし。それならきっと里花さんも俊成女をよく知っていて意識してたんじゃ？

偉大なる和歌の師としてだけでなく、運命共同体みたく親しみを感じて影響を受けていたのかも？　聞けば俊成女は夫に離縁され人生そのものは不幸だったらしいけどね」

「そうなの？　ここまでの話は面白かったわ。フッチー、有り難う！　私も交流館の歴史講座に通ってるから色々参考にさせて貰うわ！

だけどそれだからといって、いくら推理しても肝心の里花さんの死因はまだ謎を秘めたままなんだよね！　ロベルトの話によれば他殺の線も全くは消えてないみたいだし」

「そうだよねえ！　普通なら俊成卿に縁もある恐れ多い竹島で自殺するなんてバチ当たりはしないと思うけどさ？　正確には竜神岬から落ちて三河湾での水死って事か？」

「フッチー、もう止めよう！　これ以上勝手な推理しても時間の無駄よ。

それよりモーニングコーヒー冷めてしまったわ。もう一杯お代わりしない？」

二人は散々喋り疲れた後で気が緩み笑顔も戻った。

そんな推理好きなアラフォー二人であったが、後はホテルの周辺などをブラブラしながら寛ぎ、ロベルトの帰りを待った。

「ボンジュール、ユッキー、フッチー、オ待タセシマシタ。

緊急ノ調査事項報告ダカラト言ッテ、滋賀県警ノパトカーデ送リ届ケテ貰イマシタ」

「ワアッ、お帰り、ロベルト！　よかったわ。約束通りホテルに帰ってきてくれたのね！」

ランチタイムギリギリ、二時少し前だったが何とか間に合った。とはいえ県警もロベルトが休暇中だと知り、早急に解放してくれたらしいのだ。

「本当に有り難う、ロベルト。昨夜は腹痛で残念だったけど、今日のランチバイキングも又又大御馳走で選り取り見取り、鯛のお刺身とかも私の大好物よ、嬉しい！」

「そうよ。ロベルト、フッチーの言う通り、二日続きで温泉とバイキングなんて絶好の贅沢三昧よ。感謝感激雨あられだわ！」

「パルドン、ユッキー。感謝感激雨アラレ？　ソレハ日本語デスカ、中国語デスカ？」

「嫌だわ。ロベルト、フランス語で言うとメルシー。メルシーが一杯なのよ！」

御馳走を前に三人で大笑いしながら改めてジュースで乾杯した。

「それじゃあお料理を運んでくるわね。

ロベルトの奢りだもの、遠慮なくドンドン召し上がれ！」

そんな調子で食事中ユッキーはロベルトに付きっきりで気遣かっていた。ところがフッチーはと見ると、昨日の不調は何処吹く風、山盛りに積み上げた料理を皿ごと食い尽くさん勢いである。

「凄い！　何時ものフッチーに完全復活だわ！

ところでなんだけど、ロベルト、事件の捜査はもう終了したの？　真相は少し位解明出来たのかしら？」

「オオッ、ソウデスカ？　ヤハリソウ来ルト思イマシタ。ユッキーニハ敵イマセンネ！」

「分かってるわ。何時もみたくここだけの話にするからお願い！」

ユッキーに優しくウインクされてロベルトは仕方なく口を開いた。

「竹生島へ行クトソコへ斎田師匠ト男ノ内弟子ガ一人呼ビ出サレ、任意ノ聴取ヲ受ケテイマシタ。

ソノ二人ガ直接殺人ヲ犯シタノデハアリマセンガ、今回ノ二島ノ溺死事件ニ深ク係ワッテイタノデス」

「エエッ？　教授が里花さんと息子さん水死事件両方に？　じゃあ里花さんと息子さんは、一体どんな関係だったのかしら？」

「ソレナンデスガ聞イテミルト二人ハ恋人同士ダッタラシク、斎田教授もソノ事ニ気付イテイマシタ。

息子サンノ名ハ元祈（モトキ）サントイイ里花サン同様父親ノ庇護ヲ受ケ、和歌ノ世界デ活躍シテイマシタ。

新進気鋭ノ若手歌人トシテ独創的ナ手法デシタガ、古キヲ重ンジル斎田師匠ハ何故カ異端児的ナ彼ヲ嫌イ、後継者ニスル予定ノ里花サントノ結婚ニハ反対デシタ。

ソレデ娘ノ月代サンノ意志モ考慮シマシタ。才能ハ無イガ月代サント師匠ニ従順ナ従兄弟ノ清彦サントノ結婚ヲ、里花サンニ押シ付ケタノデス。俊成卿ニアヤカリ式場モ竹島デト決メ、日取リマデ勝手ニ取リ付ケテシマッタソウデス」

「エッ、何ですって？　そんなメチャクチャナ、今時そんな時代遅れの結婚って有り得ないわよ！」

急に甲高い声がしたと思ったらフッチーだった。ロベルトの後で口をモグモグさせ聞いていたフッチーが話に割り込んできたのだ。

「ソノ通リデス。フッチー、ケレド実ノ親以上ニ世話ニナッテイル師匠ニ里花サンハ面ト向カッテ反対出来ナカッタノデショウ。ソレデソノ話ヲ元祈サンニ告ゲ一時ハ別レヨウトシタラシイデス」


『里花ちゃん、話してくれて有り難う！　父が僕と里花ちゃんの結婚に反対なのは以前から知っていたよ。でも僕は別れるつもりはないから返事はもう少しだけ待ってくれないか？　父に担当させて貰っているラジオ番組の収録が三週間後の放送で切りが付くんだ。ファンである聴取者からのリクエストで藤原俊成の短歌解説を任されているんだが、それを最後にして僕は担当を外れ降りようと思う。

父から独立して自作の短歌集を発表し会員を新規開拓したいんだ。今後は若い仲間を集めて、その指導に当たろうと考えてる。

そうすれば自己主張ばかりで傲慢な父に縛られることもないし、里花ちゃんと結婚しても文句は言えないだろう？』

『分かったわ。じゃあ私は清彦さんと結婚しなくていいのね？　このまま待っていていいのね？　よかったわ！　だけど元祈さん、そのラジオ番組は私も楽しみにして何時も聴いているのよ。三週間後というと今月の終わり。しかもその日は清彦さんとの結婚式の前日になってるわ。

だからその前に先にお爺様にお断りしていいんでは？』

『いや、それは駄目だ！　先に断ればあの気難しい父のことだ。きっと邪魔されて僕達は結婚どころか、無理矢理離れ離れにされてしまう。それを避ける為には、このままラジオ放送当日まで黙っていた方がいい。

生番組だから短歌解説終了後、聴取者に向かって僕が降板すると話し、同時にその場で里花ちゃんに結婚を申し込むよ。要するに結婚発表をラジオ放送で公にしてしまえば、父も諦めて二人の結婚を認めてくれると思うんだ』

『マアッ、元祈さんがそこまで考えてくれているとは思わなかったわ。

でも今となっては、それ以外の方法はないのかも知れない。お爺様達を騙すみたいで申し訳ないけど、きっと後で分かって貰えるわね。

私達は共に血を分けた一族だもの』

『そうだよ。一時は怒るだろうが僕達二人で頑張れば、その内きっと許してくれるよ』

『私もそう思うわ。それで当日は俊成卿のどの短歌を解説するの？　当日は私も必ず小型ラジカセを持って行って聴いているわ。だってその後で結婚発表もしてくれるんでしょ？

それならホラ、あの乙姫様の衣装を着て謹んでお受けしますって、私はラジカセの元祈さんの声に向かって答えるのよ。特別の日だから、その衣装を着てお祝いしたいの！』

『アアッ、そういえば思い出した！　二〜三年前に二人で蒲郡の竹島へも遊びに行ったよね？　その時立ち寄ったファンタジー館で見た乙姫様の衣装が、里花ちゃんは凄く気にいったんだ。

それで誕生日祝いによく似た物を京都の呉服店で仕立てさせ、僕がプレゼントしたよね？

そうだ！　僕との結婚式にはお色直しに丁度いいとか言ってたけど、里花ちゃんが着たらきっと美人の乙姫様になれるよ！』

『それなら嬉しいわ！　だけどまだ仕舞い込んだままで一度も袖を通してないのよ。特別の日だから正装する代わりに思い切って身に着けてみようと思って。スマホで自撮りして元祈さんに写真を転送するわ！』

『それは楽しみだ。じゃあその写真を見る前に最後になるラジオの短歌解説を頑張るよ。放送アイテムは有名な小倉百人一首に選ばれたもので、当然里花ちゃんも知り尽くしているだろうけどね。

（世の中よ道こそなけれ思い入る　山の奥にも鹿ぞ鳴くなる）

これは流石に味わい深く素晴らしい一首だと思うよ。

僕流に言うとすれば、人生悩み多くままならないけど、諦めずにいれば何処かに一筋の希望が湧いてくる。

解釈の仕方は人により種々だとは思うけどね。

だけど僕にとってはこの鹿こそが里花ちゃんなんだ。

この先がいくら苦しく険しくても、里花ちゃんと二人でなら大丈夫、やっていける。嫌、二人でないと駄目なんだ！

それにこの歌は僕達二人の門出にピッタリじゃないか？

遠い過去の国から俊成卿が僕達を導いてくれてる。そんな気がするんだ』

『きっとそうよ。でも私は本当は俊成女の歌が好きなんだけれどね。

それで当日はお爺様とは別に月代さんが予約してくれる蒲郡市内の旅館かホテルに泊まるの。翌日は結婚式でその準備もあるから。だけど、番組終了後はすぐに連絡して迎えに来て下さるわね？　それまで信じて待っているわ！

間違っても清彦さんとは結婚したくないのよ。だからお願い！』

「ココマデハアクマデ推測デスガ、心優シイ里花サンハ元祈サンヲ愛スル余リ後先ヲ考エズ、ソンナ約束ヲシテシマッタラシイデス」

「エーッ、ロベルト、それが本当なら昨日？　里花さんは元祈さんの短歌放送を竹島で聴いていたんじゃなかったの？　そういえばロベルト、ラジカセってもしやあの時教授がポケットに入れた小物じゃ？」

ラジカセも気になったが、初めて耳にする話の展開に、ユッキーもフッチーも思わず悲痛な顔をした。

「ラジカセデスカ？　ヨク気付キマシタネ。後デ分カッタノデスガ、里花サンノ小型ラジカセハ最初ニ斎田師匠ガ遺体ノ下カラミツケ、罪ノ意識カラ隠シ持ッテイマシタ。ソレガ早ク発見サレレバ事件解決ニ繋ガリマシタカ。ソレトハ別ニシテ事情ハ複雑デ、ソウ簡単ニハイカナカッタノデス。ソノ日、元祈サンガ夢中ニナッテ里花サント電話デ話シテイルノヲ斎田師匠ノ内弟子ノ一人ニ聞カレテシマイ、ソノ内容ヲ師匠ニ告ゲ口サレタノデス。短歌ノ資料ヲ持参スル様頼マレタ男ノ弟子ガ家ヲ訪問シタ時、一緒ニ暮ラス母親は留守デ、元祈サン一人ガ在宅デシタ。シカシ玄関デイクラ呼ンデモ誰モ出テコナカッタソウデス。以前カラ通イ慣レテイタ弟子ハ勝手ニ家ノ中ヘ上ラセテ貰ッタトコロ、奥ノ和室デ元祈サンノ話シ声ガスル。

マサカ他人ニ聞カレテルトハ知ラズ可成リ力ノ入ッタ大声ダッタノデ、弟子ハ全テデハナイガ大体ノ内容ヲ聞キ取リ理解シマシタ。

三週間後ノラジオ番組ヲ最後ニ担当ヲ降板シ、ソコデ里花サントノ結婚ヲ発表スルトイウ、師匠ニ取ッテ飛ンデモナク困ル言葉モ聞キ逃シマセンデシタ」

「エーッ、そんなあ？　だけど酷いよ。告げ口するなんて卑怯だわ！　それでその後、続きはどうなったの、ロベルト？」

「ユッキー、ソウハイッテモ内弟子モ悪意ハナカッタガ、余リノ大事ニ黙ッテイラレナカッタノデス。

頼マレタ資料モ大慌テデソノママ持チ帰ッタトイウノデスヨ」

「フーン、じゃあ大変じゃん！　その調子では元祈さんの短歌解説は放送されずボツになったとか？　それに結婚発表の約束は？」人事ながらフッチーも珍しく真剣な目で、ロベルトを覗き込む

「弟子カラ話ヲ聞イタ師匠ハ怒ルト同時ニ聴取者ニ対シテハ、ナルベク穏便ニ済マセヨウト放送日当日ニナッテ、急遽内容ヲ変更シマシタ。解説モ元祈サンデナク内弟子ニヤラセタトイウノデス。

　シカモ元祈サンハ、ソノ日マデ何ノ連絡モ受ケズ放送局ニ行キ、初メテ父親ノ仕打チヲ知ッタノデス。

　参考マデニ伝エマスガ、ソノ日放送サレタノハ視聴者リクエスト二位ノ作品デシタ。元祈サンノ解説予定ダッタ短歌ハ一位デスガ、ソレハ外サレタノデス。

　シカシコノ一首ハ俊成卿作デハアリマセンガ、彼ニ選バレタ優レタ作品ラシイデス。

　念ノ為ココニメモッテキタノデ読ンデミマス。聞イテ下サイ」

　ユッキーとフッチーは、ただただ眉を顰め物悲しく感じてロベルトの話に引き込まれていた。

「逢ふことは身を変へても待つべきを世々を隔てんほどぞ（アウコトハミヲカエテモマツベキヲヨヨヲヘダテンホドゾ）」

「フーン、どれどれ。ちょっと見せて！　千載集からですって？　解釈は？

『恋しい人と逢うことは来世に生まれ変わってから待つしかないだろう。そうなるとあの人が生きるこの世とわたしが待つ来世とで隔てられた時を過ごすことになる。その間がな

んとも悲しい』

エーッ、あの人が生きるこの世とわたしが待つ来世？　ですって？　流石にものの哀れを感じる恋の歌ね。だけどこの短歌を聞いて里花さんはきっと驚いたと思うよ。全然鹿のと違うし」

フッチーはじれったくなり、ロベルトからメモ帳を取り上げ自分で読み上げてしまった。

「そうよね。確かにフッチーのいう通りだわ。里花さんは竹島で持って行ったラジカセからその短歌を聞いてしまったのね？

乙姫様の姿で元祈さんの結婚発表を楽しみに待っていたのに、元祈さんは突然番組から降ろされ代わりにこの悲恋の一首が流された。里花さんも歌人だから予想してたのと真逆のこの短歌の深い意味も知っていた。

だから余計ショックを受けたんじゃないかしら？」

「ユッキー、残念ナガラソノ推論通リデス。

里花サンハパニックニ陥リ絶望シマシタ。

ソシテ精神的ニ清彦サントノ結婚ニ追イ込マレ自殺ヲ選ンダノデス。

恐ラク竜神岬カラ琵琶湖、元祈サンノイル竹生島ノ方向ニ向カッテ手ヲ合ワセ、ソシテ冷タイ水底深ク身ヲ投ゲタト考エラレマス」

「キャーッ、ロベルト、そ、それって本当に？　それじゃあああんまりよ！　可哀そう過ぎる！　他殺じゃないといっても悲恋の短歌に、それを放送した祖父である斎田教授に殺されたも同じじゃない！」

気持ちの高ぶったユッキーは、突然悲鳴を上げポロポロと涙を流すばかりだ。

「ユッキー、ソンナニ泣カナイデ！　気持チハ分カリマスガ落チ着イテモウ少シ話ヲ聞イテ下サイ！」

ロベルトは周囲を見回し人を気遣うと、ユッキーの背中を優しくポンポンと叩いた。

「悲恋ノ短歌ヲ聞キ絶望的ニナッタ里花サンデスガ、ソノ中ニモ一筋ノ希望ヲ見出ダシタノデス。

里花サン同様コノ短歌ノ意味ヲヨク知ッテイル元祈サンノコトデス。自分ガアノ世ヘ行ケバ必ズスグニ後ヲ追ッテクレルニ違イナイ。短歌ノ詠ミ人ノ気持チヲ想エバソンナニハ長ク待タセナイダロウ。ソシテ、ソノ通リニナリマシタ。アノ世ニハ竹島ファンタジー館デ見タ乙姫様ノ暮ラス竜宮城ガアリ、ソコデ二人シテズット幸セデイラレル。ソウ思ッテ元祈サンノイル竹生島方向ニ手ヲ合ワセテカラ、ヒラヒラト蝶ガ舞ウ様ニ落チテ行ッタノデハナイデショウカ？　ダカラ最初ニ遺体ヲ見タ月代サンガ、奇麗ナ幸セソウナ顔ヲシテイルト言ッタノデハ？　実ハコレハ私デナク後デ聞イタ斎田師匠ノ推測ナノデス。元祈サンニシテモ放送局ヘ行ッタ後、慌テテ里花サンニ電話シタノニ通ジナカッタ。斎田師匠ニ連絡ヲ取リ初メテ里花サンノ死ヲ知ラサレタノデス。ソレデ自宅近クノ竹生島ヘ行キ自ラ水死シマシタ。兄弟、姉妹ノ関係デアル竹島ト竹生島、互イニソノ神ニ身ヲ委ネタノデス。アノ世デ結バレルト信ジテ。『和歌界のゴッドファーザーなどと呼ばれて自分は傲慢過ぎたのです。放送番組では身勝手な行動を取ったが、まさかこれが原因で将来ある息子と孫娘の二人を同時に失い、死に追いやるとは全く想像だに出来なかった。

この罪は一生掛かっても償い切れません！

許して貰えるとは思いませんが、この上は二人仲良く手を取り合い竜宮城の様なあの世の世界で幸せに暮らしていると思いたい。そう祈るばかりです』

斎田師匠ト共ニデスガ、告ゲ口シタ内弟子モ責任ヲ感ジ泣キナガラ県警ノ聴取ニ臨ンダソウデス」ロベルトは、ここまでをやっと話し終わると背を伸ばし深呼吸をした。

「コレニテ私ノ緊急調査事項報告ヲ終ワリマス。ユッキー、フッチー、勝手ナ行動ヲ取ッタ私モオ許シ願エマスカ？」

「エーッ！　ロベルトったら。私達こそお仕事の邪魔をしてゴメン！　だけど結局里花さんと元祈さんは私達の知り得ない、あの世もこの世もない和歌の世界で心も魂も固く結ばれていたのかも知れない。だから私達もそんな二人が今は異次元の世界で幸せに暮らしていると信じたいわ。

ねえ、フッチー、そうでしょ？」

ユッキーが振り向くと、項垂れて話を聞いていたフッチーも鼻水をグズグズ啜っている。

「フーン、私もそう信じたいよ。だけど考えてみると事件の真相は元はといえば斎田教授の後継者問題から始まって、和歌の世界、ものの哀れで終わったんだよね。

何だか悲しいけど、だけどちょっと待って！　一件落着の前に叔母さんが又メールを送ってきたみたい！

参考の為に俊成女の短歌を教えて欲しいって昨夜頼んであったのよ。

『露はらふ寝覚めは秋の昔にて　見果てぬ夢に残る面影』

ウーン、確かにものの哀れは感じるけど、この恋の歌の解釈も難しそう。里花さんや元祈さんみたいに和歌の世界にドップリ浸かり修行しないと私には無理みたいだわ！

折角短歌同好会に誘って貰ったけど、足を引っ張るばかりじゃ申し訳ないし、やっぱり止ーめた！　又にしよおっと！」

そんな訳で、フッチーの短歌騒ぎも敢えなく終演。今回、竹島で勃発した悲恋の事件もロベルト名刑事のお陰で一件落着！　前代未聞のスピード解決となったのである。

「フッチー、もうそろそろ帰る時間よ。何だかバタバタしてる内にアッという間に二日間が過ぎてしまったわね。でも楽しい旅行だったし、今度はもう一度ゆっくり来たいわね」

「ウン、楽しかった。だけど最初の計画では帰りにロベルトを新幹線の駅まで送ってく筈だったよね？」

「だけどロベルトはもう一泊するんですって。こちらでまだ何か刑事の仕事が残ってるらしいわ」

四時近くになって二人がああの、こうのとロビーで駄弁っていると、そこへひょっこりロベルトが現れた。右手に土産物袋を二つぶら下げている。

「コレヲ今、スーベニアデ買ッテ来マシタ。

オ世話ニナッタユッキートフッチーニ、プレゼントシマス」

「エエッ？　プレゼント？　私達に？」

二人は突然の言葉に目を丸くし、揃ってロベルトに礼を言った。

「デハコノ二ツノ内、小サイ箱ハユッキーニ、大キイ箱ノ方ハフッチーデイイデスカ？」

何か謎掛けみたいな言い方をした。

「そりゃあ、どっちでもいいけどさ。大きい方は舌切り雀の意地悪婆さん用で、中からお化けや毛虫とかゾロゾロ出てきたりして？」

「そうよね。こっちの小さい方だって開けたら、煙がモクモク浦島太郎みたいに白髪頭で顔も皺クチャになったりして！」

二人が冗談っぽくクスクス笑いながら箱を開けてみると、何とフッチーには特産のメヒカリの蒲鉾、それは丁度フッチーが家族のお土産に買おうとしていた物だったので大喜びだったが、ユッキーの方はと見ると、想像を絶するキラキラ光るダイヤの指輪が出てきた。

「ウワァン、凄い、素敵な指輪！　ロベルト、有り難う、感謝感激よ！

でもこれってまさかの婚約指輪だったりして？」

ユッキーはその時まさかを期待して潤んだ目でロベルトを見上げたのだが？　当のロベ

ルトは大慌て。

「パルドン、ユッキー、ソレハイミテーションデスガ陳列ノ中デ一番奇麗デシタ。気ニ入ッテクレマシタカ？」

「何～んだやっぱりね。でもお気持ちは頂くわ。

それじゃあ婚約約束の保証指輪として、大切に持っているわ。いいでしょ？」

何だか複雑な保証話になってきたが、それを隣で見ていたフッチーは大笑い。

「ユッキーったらお忙しいロベルト様のことだもの、婚約も結婚も何時になるかクエッションマークよ！

だからその内、私の方が先を越してあげるわ！」

フッチーも二人の熱々振りに対抗して我然その気になったらしい。

「フッチー、受けて立つと言いたいけど大丈夫？

お相手を探さないと？」

ユッキーが面食らっていると、ロベルトが口を挟んできた。

「フッチーハ以前ユッキート二人デ婚活パーティーニ参加シタト聞イテイマス。コノホテルノ支配人ニ頼ンデ、モウ一度婚活パーティーをシテミタラドウデスカ？　美味シイバイキングヲオ腹一杯食ベタラ、キット今度ハ成功スルト思イマスヨ！」

「それはグッドアイディアね。じゃあフッチーの婚活が成功したら、その時はダブルデートで竹島の八百富神社参拝に行きましょうよ、きっと素晴らしい御利益があるわ！」

「私ハ事件ニ協力シタノデ、今夜蒲郡警察ノ皆サントノ飲食会ニ呼バレテイマス。ソノ前ニ斎田師匠ノオ弟子サン達ガ、里花サンノ為ニ竜神岬ニ行キ、白い花束ヲ投ゲタイト言ッテ、オ供ヲ頼マレマシタ。ダカラ今日ハココデオ別レデス」

やっと楽しい雰囲気になったと思ったら、ロベルトとの別れの時がやって来た。

「私達も御一緒したいけど、時間の都合で駄目なのよ。お名残惜しいけど失礼するわ。だけどロベルト、フッチーの婚活の話は宜しくね。日時が決まったらロベルトも私と一緒にフッチーに付き添い、応援してくれるのよね？」

「分カリマシタ。必ズ連絡シマス。楽シミニ待ッテイテ下サイ。差シ当タッテ、今カラ竹島へ行クノデ、八百富神社デモフッチーノ婚活応援ヲオ願イシテキマス」

「ロベルトったら有り難いけど私のことより、ユッキーとロベルトの縁結びを先にお願いしてくれていいんだってば！」

フッチーは照れ臭そうに口を尖らしたが、果たしてマジでフッチーに婚活する気があるのかどうかは疑問であった。しかし心優しいロベルトは笑顔で頷き、ホテルを車で出る二人を何時までも手を振り見送ってくれた。その背景の三河湾に夕陽が落ちる時が感動的で絶景だそうだが、残念ながらそれは又のお楽しみとして取っておく話になった。

ロベルトの招待旅行は、これで一応落着となったが、又の再会を約束し、ユッキーとフッチーの面白おかしな友情は、ミステリーと共に楽しく続くのであった。

完

御協力者様
愛知県蒲郡市観光協会様
〃　蒲郡市三谷温泉ホテル明山荘様
〃　碧南市杉浦道子様

第二の人生はオレンヂ色

「エーッ、ゴホン、皆様全員お揃いですね？

それでは六時三十分となりましたので、予定通り我が社の黄色いバスは出発致します。

只今から神奈川県寒川町、寒川神社へと走行しますが、私はお馴染み添乗員の近藤盛夫、運転手はこの道三十年のベテラン、渡辺博人と申します」聞けば近藤は四十五歳、渡辺は五十七歳だという。

「エーッ、ゴホゴホン、付きましては今年も参加者様が三十名に足らず、私近藤が美人ガイド嬢の代役を務めさせて頂きます」

恒例の町内会、二月初めの日帰り参拝ツアーであったがシーンと静まり返った車内、一番後列から何やらヒソヒソ話し声が聞こえる。

「チョット、ネエ寅さんったら、今年もあの若禿げのツルッパゲ盛さんて有り得へん、美人ガイドだって！　何時もこうでは堪らんわ。美人でなくとも痩せてても枯れてても、まだ女性であるうっちがガイドの方がましだと思わんか？」

自分の事をうっちなどとカッコ付けている岡島清子は隣席でじっと目を閉じている鈴木寅次の腕をチョンチョンと突いた。

すると寅次の向こう側にいる、姉御肌の中川春代がプブッと吹き出した。顔も体もドッシリとふくよかである。

「清ちゃん、そりゃあいいわ。私等絶世の美女軍団ともいえんし、七十歳で古希を迎えたが、先ずイケイケの時ちゃんも私も現役のバリバリだよ。横に控えし喫茶オレンヂのママ、直ちゃんなんかは垢抜けてまだまだ奇麗やしな！」

名指しされた杉山直美と色黒で痩せギスの安永時江は、顔を見合わせフフッと照れ笑いした。しかしその時、最前列からの異様な視線と咳払いに気付き振り返らされた。

『ゴホンゴホン、ヤレヤレ、今年も又あの騒々しい枯れ姥桜、婆ちゃんグループが御参加だ！』

添乗員盛さんの細い目がそう語っているのも毎度のことだ。

「成る程な！　清ちゃんも春ちゃんも正論だわ！　ツルッパゲより、こっちの若作り四人の様ないずれ菖蒲か杜若の美人ガイドがいいに決まってる。

だけど立ちっ放しで疲れるわ、足も浮腫むわのボランティア、金払ってるんだから俺の様にドッカリ座って寛いでる方が一番お利口ってもんだろう！」

席の真ん中に陣取っている寿司屋の御隠居鈴木寅次がやっと目を開けて諌めると、周囲からドッと笑いが起こった。

「寅さん、ズバリその通り。私等今年は四人になったけどこの度もお世話様、今日一日宜しくお願いしま～す」

仲良し同級生四人は、古希の年に似合わぬ黄色い歓声を張り上げた。

「よしよしそれでOKじゃ！」

年にしてはスマート体型のイケ爺寅次も、このグループとは同年齢で個人経営の寿司屋を開業している。しかし今は長男夫婦が跡を取ってくれていて、その所為で町内会の役員を任せられているのだ。

「でも今年は五人グループの内、美鳥ちゃんが不参加で残念だったわ」

そう言う直美は十年前、自動車事故で夫の勝信を亡くしていた。その夫と共に立ち上げていた喫茶オレンヂは現在、結婚し三歳の長男もいる娘の美香に任せ、自分は殆ど裏方に回っている。

小清水美鳥も同級生で仲間であるが、やはり三年前、末期癌を宣告された夫に他界され、そのショックからかリウマチを発症してしまう。今や足を引き擦って歩く有り様で、その為今年は欠席を余儀なくされたのである。

彼女は色白で直美とよく似た、どちらかといえば上品な奥様タイプであった。

その反面、時江の場合は定年退職した夫は元気だが極楽隠居、そこに嫁ぎ先から出戻ってきた娘と孫も二人して転がり込んだ。時江はそんな家族の生活を支えようと、週四日市民病院でお掃除アルバイトをしている。

一方春代は今年で四十歳になる長男正志が一人で経営する鋳物工場の事務を手伝っている。以前夫の悟志が始めた工場だが、四～五年前膠原病と診断され、その後体が衰弱していき、春代はその夫の介護もしているのだ。

背も低く小柄ながら気の強い清子の場合は、美鳥や直美と違い未亡人ではないが、二十年も前に不倫夫との間に協議離婚が成立していた。

夫は家を出て行ったのだが、最近は女手一つで苦労して育てた一人息子が結婚し、新婚夫婦との同居生活が始まったところである。

黒一点の寅次はというと、彼も美鳥同様、五年前病弱だった妻に先立たれていた。

五人の姥桜グループは、地元高校の同級生で偶々同じ町内に嫁いできていた。しかし、同年齢ではあったが、寅次はそうでもなく県外で修業をしてから実家に戻り寿司屋を継いだのだ。だが、五人がその寅寿司の絶大なるファンであったし、この町内会のバス旅行がきっかけで、今や第二の人生仲間としての御縁が始まったのである。

「ちょっと直ちゃん、これはヤバイわ。天気予報は晴れマークだったのに何と窓の外は雲一色じゃないか！」

「アラ、その様ね、時ちゃん。でも今まだ七時だから、その内だんだん晴れてくるって！」

直美はそうは言ったが、お天気はともかく、この参拝ツアーの有り難いところはトイレ休憩が大体一時間おきになっていることだ。年の所為かトイレは近くなったが、車内は気持ちよくポカポカ暖かく、年一回の自分へのプレゼント、そして仕事の息抜きにもなっていた。

「エーッ、ゴホゴホン、皆様のお耳を少し拝借致します。今回も当花園ツーリスト観光を御利用頂き有り難う御座います。

バスは只今新東名を走行中です。

八時四十五分には静岡サービスエリアに到着予定、その後中井パーキングエリアでトイレ休憩し、それから寒川インターチェンジで一般道に降ります。

十時五十分には目的地、寒川神社に到着予定、そこにて自由時間となっております。

昼食後は十二時五十分までには、このボディがピカピカ黄色いバスにお間違えなく必ずお戻り下さいませ。以上で御座います」

「ボディがピカピカ黄色いバスで、今年もオレンヂ色じゃなかったか？」

何故か寅次一人が首を捻っていたが、それを清子はフン、と鼻でせせら笑った。

「寅さん、去年も言ったけどオレンヂじゃない。黄色だってば。

だけど何がピカピカ黄色いバスだよ。年寄り扱いもいい加減にして欲しいわ。念を押さなくってても毎年同じ色だっちゅうの！」

しかしその後、乗客全員に菓子、お茶、缶ビールまでが配給されると、清子は急に機嫌を直しニコニコ顔になった。とはいえ若いつもりでも口元や目尻などに皺が目立ち、年齢以上の老け顔は、どうしようもない。

「ハア、清ちゃんじゃないが何処まで行っても雲又雲だよ。何時もならそろそろ富士山が見える筈だが、がっかりだ。今朝出掛けに私がグータラ亭主と一悶着やっちまったから、その所為できっと私が曇り女なんだよ！」

窓際の時江は不安気に空を見上げたが、春代がすぐその言葉を遮った。

「そりゃあ時ちゃんの責任じゃないさ。それにダンナが元気でビシバシやり合えるならまだいいよ。

家なんか週三日のショートステイ以外は部屋でゴロゴロ寝てるばかりで、まともな話も出来ん。

正志の見合いもちっとも上手くいかんし、私の方がストレス一杯、モヤモヤで時ちゃんより私が本当はどしゃぶり女なんだよ！」

そう言う春代もこの気心知れた仲間内では遠慮なく愚痴を溢せるのだ。

「ちょっと待ってよ、時ちゃん、春ちゃん。どっちの言い分もよく分かるけどね、週間天気予報では明日は朝から一日中大雨なんですって。だから今日が曇りなんは自然現象で誰の所為でもないのよ。心配は御無用！」

直美は横から口を出し慰めはしたが、確かに窓の外は富士山の裾野だけが延々と続き、上半分と頂上はスッポリ雲隠れしていた。

「ママア、行きはペケでも帰りはベリーグッドってこともあるわさ。ドンマイドンマイ！」

ツッパリ清子が大らかな気持ちを見せゲラゲラ笑ったが、そんな騒ぎの中、黒一点の寅次だけは朝からずっと目を閉じコックリコックリしている。

両手に四人もの絶世の姥桜ではあったが、昨日から何かと旅行の準備や緊急の電話があり、忙しくてよく寝られなかったのだ。

車内で一眠りするつもりだったが、両側の姥桜の笑い声などが大きく、特に右隣の清子の話し声が煩くってうっとうしかった。

「うちは離婚したから時ちゃんや春ちゃんみたいなダンナはいないし、その点は気楽やった。一人息子も去年やっと結婚してくれホッとしたんだが、今度は気の強い嫁姑関係が上手くいかず、こじれてしまってさ」

「フーン、清ちゃん、そりゃあイライラするのは分かるがね、とはいえ若い内ならともかく、こんな古希を迎えたいい年になって自分から家を飛び出し、ワンルームに引っ越すなんて私には出来ん。無鉄砲にも程があるわ！」

「息子が別居したい。夫婦で家賃七～八万円のマンションを借りると言い出したんで、ついカッとして飛び出したんよ。息子夫婦には家に住んでいて貰いたいし、それよりうちが年金で月三万五千円の安アパートを賃貸した方が家族的にも安上がりだと思ってさ」

そんな清子と春代の話し声は当然すぐ隣の直美にも聞こえてくる。

「エッ？　清ちゃん、そんな話、私は初めて聞くわ。それじゃあ今は家から引っ越して一人暮らしをしてるの？」

「ウン、本当はもう少し落ち着いたら、春ちゃんだけでなくみんなにも報告しようと思ったんだわ。家から歩いて十分位の古いアパートだけど、そこからなら今まで通り裏の畑にも通えそうだと思い、即決めたんよ！」

「へーッ、そうなん？　清ちゃんも中々やるじゃん！　だけど何か羨ましいよ。私みたいに狭い家で粗大ゴミ亭主と年がら年中顔を鉢合わせ、無駄にイライラするより、その方がよっぽどスカッとしそうだわ。その内様子窺いに行かせて貰うからガンバレ！」

時江が腕を振り上げ応援すると他の二人も以下同文と拳骨をかざした。

その後、四人は誰かの噂話をしたり、何だかんだとくっ喋べり、菓子や飴をモグモグ頬張っていたが、その間にバスは快適に走行し、十時五十分には予定通り、目的地である寒川神社に到着した。

「それでは寒川神社参拝、どうぞお気を付けて行ってらっしゃいませ。只今混み合っておりますから待合所にて少しお待ち下さる様に」

近藤が慌てて先にバスから降り、これも年配者への親切な務めとばかりに、足元に踏み台を置いてくれた。

「ヤレヤレ、ガイドのお嬢さんじゃなくて盛おじさん、どうも有り難さん。ほんでも外は寒いのなんの、やっぱりここは寒川神社だけあってな！」

一番最後に外に出た春代がブルブル震えながらも周りを笑わせる。

「そうや、そうや、やっぱり寒川神社だけあってな！」

寅次も他の三人も一瞬寒さを忘れ、口車を合わせた。

「アッ、そうだ清ちゃん、私美鳥ちゃんの御祈禱も頼まれてたんだわ。足が早く治って来年は一緒に来たいからって、ヘルパーの須賀(すが)さんが二〜三日前、店に御祈禱料を持って来てくれたのよ」

「フーン、そういえばその須賀さんは学生時代から油絵の心得があって、美鳥ちゃんは彼女にアドバイスして貰いながら油絵を描いてるんだってよ。ダンナが亡くなった後だから、もう二〜三年になるだろうけどね」

「そうなの？　そういえば須賀さんは四十代半ばでしょ？　まだ若いのによくやってくれて、気が付くし助かるって美鳥ちゃんは喜んでたけどね」

そんなこんな話ししながら歩いている内に、何時の間にか清子と直美は前の列から後れを取りはぐれてしまっていた。

すると「直ちゃん、清ちゃん、そこにいたのか。今から祈禱が始まるから早く席に着いてくれ！」

寅次が呼びに来てくれ大急ぎで御祈禱所に入った。

「寅さん御免、それにしても剣の舞いは高天原の荒振る神々の勇姿を真似しているんでしょ？　あれは寒川さんらしくていいわね」

「そりゃあ直ちゃん、小さな神社みたく巫女さんがシャンシャンと鈴だけ鳴らす訳にはいかんだろう。

何しろ御祈禱料が違うんだから」

そんな失礼な陰口を叩きながら二人は春代と時江の隣席に落ち着いた。

「畏みてえ〜畏みてえ〜ハイ、それでは頭を低く〜ハイ上げてえ〜」

神主さんが榊を手にして現れ順番に名前が呼ばれ、流れ作業状態で御祈禱が行なわれ、玉串を捧げ拝礼をした。そして最後に大望の剣の舞いを見て、儀式はおよそ三十分程で終了である。

「アアやっと一仕事終わったよ。ホッとしたら肩の荷も下り急にお腹も空いた！」

四人は軽口を交わしながら出口で尊いお札入りの紙袋を頂き歩き出した。境内を少し行くと、ここも古式豊か、何時もの和風レストランに入った。

「ここは彼の有名な湘南近く、加山雄三のお膝元なんだよ、その所為か、このレストランも古典的なのにお洒落で私は気に入ってるんさ！」

「へーッ、そういわれれば確かにそうだけど春ちゃんの本当のお目当ては美味なる清め酒、お神酒でしょうが？　カラオケはないので残念でしょうけど」

時江にズバリ言い当てられ、春代は笑いながら首を竦めた。

「いいの、いいの、春ちゃん。私達だって肉料理ばかりより偶にはこちらの精進料理が食べたくて来てる様なものなのよ。だけどお酒は飲めないから春ちゃんにどうぞ！」

直美がそう言えば清子と時江は自分達の清酒を寅次のテーブルに差し出した。

「寅さん、ササッ、お一つどうぞ！」

「オットット、時ちゃんもう充分！　これ以上は足がフラつきオレンヂ色のバスに乗り遅れるぞ。ここの神様に叱られるわ！」

「寅さん黄色だっちゅうの！　これ位は大丈夫でしょうが、さあ遠慮なくどうぞ！」

「参った。参った。清ちゃんには敵わんよ！」

毎回こんな調子でみんなゲタゲタと大笑いしながら、楽しいランチタイムが始まるのである。

そしてやっと早朝からの疲れも取れお腹も満たされるのだが、かといって余りのんびりしていられないのがバス旅行の唯一の欠点だ。

出発時間までにはドッコイショと重い腰を上げ、間違いなくピカピカ黄色バスに戻らねばならなかった。

そしてその通り十二時五十分には、皆車内に雁首を揃え、寒川神社に別れを告げた。名残惜しく、又来年お願いしますと合掌しながら。

同時に目的を果たし終えた観光バスも一目散に静岡方面に逆戻りしたが、しかしその後も他の乗客同様、四人の願いは空しく裏切られてしまった。

富士山は今回もスッポリ雲隠れ。不運にも晴れ姿を拝めなかったのである。

「マア、長年の内、偶にはこんなこともあるわさ。仕方ないよ。

そんでもまだ今から焼津の魚センターに寄ってくれるからな」

春代は何のかの言ってもダンナや正志の大好物である魚の干物を買うつもりでいる。

行きには通り過ぎたが焼津は海産物の他マグロ漁業が盛んな漁場である。刺身も加工品も美味しいのだが、残念ながらバスの休憩時間は二十分しかない。

その為バスを降りるや否や皆三々五々、大急ぎで土産物売り場へ走り一直線に戻らねばならなかった。

「アアよかった。間に合って！　運転手さん、お待たせして御免なさい！」

そしてギリギリ二十分後には普段おっとりの直美が最後に走り込んだ。

「ア〜ア、楽しい旅行だった。焼津土産もドッサリだけど、その分サイフは空っ欠、ペッチャンコだわさ！」

バスの発車後清子はそう言って溜め息混じりだ。

他の三名も同感とばかり苦笑したが、それ以後は皆寅次を見習い黙って目を閉じた。

その内車内はシーンと静まり返り誰かの寝息が聞こえてくる。モダンなミュージックも歌もない。これが年配者の参拝ツアーである。そしてその後三時間余りでバスは朝出発した元の地点へと帰り着いた。

「エーッ、皆様お目覚めですか？　ゴホゴホン。

御協力有り難う御座いました。大変お疲れ様です。無事皆様の懐かしき故郷へ帰り着いて御座います」

近藤も責任を果たしホッとしたのか、今までで一番優しい猫撫で声である。

「お忘れ物無き様、足元に御注意を、慌てず順番にお降り下さいませ」

乗客達はその声に合わせ、棚から大荷物を下ろしてノロノロと列を作った。

「アーッ、ドッコイショと！　やっと帰り着いたわ。

運転手さん、ガイドの盛おじちゃん御苦労さんだったね！」

最後に踏み台に足を掛けた春代が御丁寧に礼を言った。ところがである。

「春ちゃんったら、いくらツルッ禿げて老け顔でも四十五歳に向かって盛おじちゃんはないよ。盛お兄ちゃまだって。そういう自分はいい年のおばちゃんの癖に！」

清子がおふざけで笑い出した。

一仕事終わってホッとしていた矢先、近藤も最後の最後に隙を突かれ笑われて今年も半泣きだ。

「チョット、チョット、そこの春ちゃんも清ちゃんも、それを言うならおばちゃんどころじゃないよ！　盛兄はともかく、もう二人共お婆ちゃんだっちゅうの！」

そんな時江も自分の年は棚に上げている。

車中ゆっくり休養したお陰で軽口も元気を取り戻したらしい。側で様子を見ている直美も口を押さえ笑いを堪えている。

そんな調子だったので、仲良し五分の四人はバスが去り寅次も帰宅した後も暫くゲラゲラ笑い駐車場で立ち話をしていた。

「アラッ、嫌だ。もう七時半だわ。時ちゃんダンナさんが家でお待ち兼ねじゃなかった？」

最初に言い出した直美は店の専用車、白いバンで来ていたが、途中、助手席に時江を乗せて来ていた。

「ダンナ？　ダンナならパチンコ帰りに居酒屋で一杯飲んでくるからいいんだよ。私はバスの中でマグロ寿司を食べちゃったしね」

「そうお？　それなら今から美鳥ちゃん家に寒川さんのお札とお土産を持って行ってもいいかな？」

「アアいいよ。帰り道だし善は急げだ。

　そうしよう。そうしよう」

「じゃあ、春ちゃん私達もこれで解散としようか？　直ちゃん、時ちゃん、美鳥ちゃんに宜しくね！」

　清子は春代の車に便乗して来たのだが、そこで四人は手を振り合いやっとチリヂリに散ったのである。


　五人組の五分の一である小清水美鳥の屋敷は、そこから車で五〜六分の距離にあった。坂の途中にあり車を止めて、玄関まで少し石段を上る。

　チャイムを鳴らすと足を引き擦る鈍い音がして、美鳥がひょっこり顔を出した。

「アラッ、誰かと思えば、直ちゃん、時ちゃん？」

「こんな時間に御免なさい。寒川さんのお札と焼津土産を届けようと思って」

　直美の差し出す紙袋などを見て、暗い感じだった美鳥の顔がパッと明るく輝いた」

「アラ、そうだった。うっかりして忘れてたわ。有り難う。折角だから中に入ってお茶でもと言いたいとこなんだけどね。ヘルパーの須賀さんがここ二〜三日お休みしているので、お掃除もしてなくて散らかってるの。御免なさい」美鳥は申し訳なさそうにそう言ったが、直美も時江も笑顔で頭を横に振った。成る程それで最初疲れた顔に見えたのだと思いながら。

「いいのよ。気にしないで私も時ちゃんもすぐに帰るから」

「須賀さんは老人介護施設タンポポの紹介なんだけどね、色々雑用までも頼めるので助かってるのよ。でも今回は何か家庭の事情だというので仕方ないわ、来てくれるのを待っているのよ」

「タンポポっていえば春ちゃんのダンナさんがデイサービスに行ってる所だよ。でもまあ今日は美鳥ちゃんも大変そうだし、話は今度にしてもう帰ろうよ、直ちゃん。私が又仕事帰りに美鳥ちゃんの様子を見に覗いてみるわ」

「悪いわね。じゃあそうしてくれる？」

美鳥もそう言うので二人は玄関先で二～三分話しただけですぐに失礼した。

その後直美は時江を家に送り、八時過ぎになってやっと喫茶オレンヂの二階に拵えた我が家へとグッタリしながら帰り着いた。


それから二～三日後のことだった。直美は店の厨房でランチ後の洗い物をしていたのだが。

「お母さん、同級生の春代さんが先日の結婚相談所の方とみえてるわよ」

娘の美香（みか）がそう言って後から背中を突ついた。

顔を上げてみると、店の奥に参拝ツアーで一緒だった春代の姿がある。

「アラッ、本当、春ちゃん家は長男の正志（まさし）君がまだ独身だから気を揉んでるのよ。次男さんはもう二人お孫さんがいるんだけどね」

「正志君って家のお兄ちゃんより三歳年上で鋳物工場を一人でやってるんでしょ？　仕事熱心だし製品も他より安く造ってくれるって評判よ」そういう美香は三十四歳で兄の英信(ひでのぶ)より三歳年下である。

「ええそうよ。春ちゃんが店番を手伝いながら十歳年上のダンナさんの介護をしているの。出来ればダンナさんが少しでも元気な内に、工場の跡継ぎだって欲しいんじゃない？　でもこればっかりは御縁の問題だからね。だけど家の英信だって同じで他人事じゃないわよ」

　直美が小さく溜め息を吐くと額に細い苦労皺が寄る。これでも若い頃は美人ママで有名だったが。

　とはいえ今は美香が表舞台に立っている喫茶オレンヂは、最初のままのレトロな店造りである。

　しかしもう三十年も過ぎて店のアチコチも傷み、リフォームが必要となっていた。

　直美はそのリフォーム費用を夫の残してくれた生命保険金の一部、一千万円を近々銀行から下ろす手筈をしていた。

　オレンヂという店名の由来は、亡き夫勝信(かつのぶ)の大好物だった事や、明るく暖かそうなオレンヂ色が憩いの場に相応しかったからだ。その上オレンヂはジュース類、パフェ、ランチの添え物として欠かせない、勝信でなくても誰でも好むビタミンC豊富な有り難い果物でもあるのだ。

　そんなオレンジの店内はカウンター席を含めて三十数席程のこぢんまりした造りであるが、近隣に会社や工場が立ち並び、お昼にはランチ目当ての主婦達、例の同級四人組もよく利用してくれていて何とか営業が成り立っている。

　営業時間は通常午前八時から午後七時。

　そして美香と夫の誠一、三歳になる孫の雄一は店から徒歩で四―五分の二ＬＤＫマンションに住んでいる。八時の開店から午後二時までは、美香の友人である近所の奥さんが一人パートで来てくれているので直美も助かっていた。

　今は丁度そのパートさんが帰宅した後であった。

「オヤ直ちゃん、顔が見えないと思ったら厨房の中にいたんか？　正志の見合いの事で田所さんが来てくれたんだけど、事務所には今日ダンナもいるし何かと話し辛くってな」

　三十分程してから奥にいた春代がレジに来て二人分のコーヒー代を支払った。後に控えている相談員は、中肉中背で真面目そうな低姿勢な男だった。

　春代の話によると、今回の見合いも失敗で、その理由は正志に差し迫った結婚願望がなく、無口で会話が続かないからだそうだ。

「きっと運悪く御縁がなかったのね。春ちゃんがこんなに頑張ってるんだから、その内きっと相性ピッタリの方が見つかるわよ！」

直美は気を遣うし田所も、そっと頷いた。

「大丈夫ですよ、中川さん、すぐに次の御相手を紹介します」

「そ〜お、じゃあ今度こそ宜しくね」

二人を店外へ見送った後、そんな会話のやり取りが聞こえたが、厨房へ戻ると美香が笑いながら寄ってきてメモ用紙を手渡した。

「母さん、明日の足りない食材を今から買い出しに行ってくれない？　もう四時だから後は私一人でも大丈夫だから」

現状では若い美香が店の顔なので、裏方や急ぎの買い物も直美が引き受けていた。

「いいわよ。美香、でもそういえば買い物序でに二〜三十分だけ清ちゃんのアパートに寄り道してもいいかしら？　割とショッピングセンターの近くなのよ」

「分かったわ。生物は卵位だから短時間なら買い物は日陰の車内に置いてもいいわよ」

参拝ツアーの車内で聞いた清子の一人暮らしがどうも気になっていた。一度様子を見に行きたいと思っていたので、直美は手早く買い物を済ませアパートに立ち寄ってみた。

以前からよく通る場所だったが、広い駐車場の前には三棟のアパートが並び、清子の部屋は二棟目の一階一〇三号室だと聞いていた。

「アレッ、直ちゃん、いらっしゃい！　丁度時ちゃんも来てくれてるんよ」

鰻の寝床状に並んでいるアパートの一室、そのチャイムを鳴らすと時江がすぐ飛び出してきたが、意外にも先客が来ていた。

「ワアッ、直ちゃん、私がお先だよ！　いいから早く、早く中に入って、ここは暖かくって天国だわ！」

奥と言っても一部屋だが、時江がチャッカリ炬燵に入り、短い足を思いっ切り長目に伸ばしている。

「エッ、時ちゃんったら早速勝手知ったる我が家じゃないの！」

「いいからいいから、狭いとこで悪いけど直ちゃんも遠慮しないで上がって！」

時江はバイトが早く引けて寄ったらしいが、清子は気心の知れた二人の友人を迎えニコニコと嬉しそうだ。

「へーッ、日当たりも良さそうでベランダにお布団も干せるわ。中々どうして値段の割には壁も奇麗ね」

直美は珍しそうにジロジロ見回しながら部屋に入った。

「ウン、マア、本当は住み慣れた我が家が一番に決まってるけどさ。ここからなら歩いて家の様子を見に行けるし、畑作りも続けられるよ」

清子は以前から本宅の裏庭に十坪程の家庭菜園を耕していて、直美や時江達も時々新鮮なナスやキューリ、トマトなどをお裾分けして貰っていた。

「清ちゃんも一人暮らしは淋しいだろうし、みんなでちょくちょくここに集まろうよ。私等の座談会会場に最適だわさ。直ちゃん、それとさ、右隣の部屋は空室だそうだよ。私も一遍、一人暮らしってのをやってみたかったんだわ！」

「エエッ、それは無理でしょ。時ちゃんにはダンナさんや娘さん、孫さんもいるんだし」

「分からんよ！　却って私を邪魔者と思っているダンナが一番喜ぶかも知れんわ！」

「フーン、時ちゃんもそんな薄情なダンナは放っといて、このアパートへ引っ越してくればいいがな。まだこっちの左隣も誰だか、顔も見てないけどさ。周囲に遠慮は要らんし気楽でいいんだわ」

「そう、そう、そこがいいんだよな。清ちゃん！」

時江と清子はいいね、いいねと話しながら勝手に盛り上がっていた。とはいえ直美の見たところ、住めば都で清子も何とかこの一間のアパートに落ち着けた様子だった。

ところが「アッ、そうだ、直ちゃん、昨日仕事帰りに美鳥ちゃん家に寄ってみたら心配するまでもなかったよ。

もう須賀さんが来ていてお世話してくれていたわ」

時江は急にそれを思い出したらしかった。

「アラッ、そうだったの。それじゃあ美鳥ちゃんも喜んでいたでしょう。時ちゃん、有り難う」

「須賀さんは家庭の事情なんて言ってたけど、本当は何処かの階段で転んで、顔に青アザが出来たんだと。

それで外に出られなかったらしいよ」

「フーン、顔を怪我したの？　でもとにかく、これで美鳥ちゃんは又、絵のアドバイスをして貰えるし、よかったわね」

「そうだよ。その内須賀さんと一緒にオレンヂのランチタイムに来るってさ」

「分かったわ。それにしても美鳥ちゃんの足、不自由だから、早く回復するといいわね。

美鳥がどうのとアレコレ三人で顔をくっ付け話し込んでいると、突然テレビの横に置いてあった清子の携帯が鳴り出した。

「アレッ、誰かと思ったらなあ〜んだ春ちゃんからだよ。もしもし、春ちゃん、どうしたん？

今部屋に丁度、時ちゃんと直ちゃんが来てくれててさ。

フンフン、食事会ね？　うちはいいんだけどね。ちょっと二人に聞いてみるよ」

清子の話では春代が今度の日曜日、寅寿司で寿司ランチを一緒に食べないかと誘ってきたらしい。

「寒川さんの反省会ってことで五人で集まればいいじゃん。時ちゃんとも直ちゃんも日曜なら大丈夫だよね？　美鳥ちゃんにも電話で聞いてみるわ」

急な話ではあったが、美味しい物には目のない今時の婆さん連中である。しかも反省会などとは名ばかりで、当日急用が出来れば抜けられる気楽な集まりなのだ。結局即決で寅寿司行きとなった。

「春ちゃんも普段から病気のダンナを抱えて頑張ってるからストレスも溜まるわさ。寅寿司で一杯やりたいんだわ」

「フーン、そりゃあそうだ。家のダンナもパチンコ依存症で、しかも金食い虫、家にいれば邪魔なだけで、まるで粗大ゴミだけどさ。そんでもタンポポさんのお世話になるよりはまだましかねえ？」

時江も離婚している清子も、ブッブッとダンナの悪口などを話題にし始めたが、その時、時間はもう五時を過ぎていたし、直美は先にその場を失礼した。

自分の立場からすると、好きで夫と死に別れた訳でもなく、たとえ他人の夫婦間のトラブルでも余り介入したくなかった。

夫婦喧嘩などしたくても自分には出来ないし、何故か春代や時江が却って羨ましく思えるのだから不思議である。

店に戻った後、買ってきた野菜や果物を冷蔵庫に収めていると、美香が手招きして呼んでいる。

「母さん、私のスマホに兄さんからメールが入ってね、好きな彼女がいて今年になってからやっとお付き合いを始めたんですって。彼女の誕生日プレゼントに何を買ったらいいか教えてくれって。

ペンダントとかバッグとか、やっぱり本人に聞いた方がいいって返信しておいたけど」

「エエッ、本当？　それは初耳だわ。一体どんな方かしら？

母さんにはそんな話、何も言ってこないのに美香には相談するのね。若い者同士、年も近いからいいのかしら？」

寝耳に水とはいえ良い知らせでつい有頂天になった。

春代の話を聞いてみると見合いも結構大変で難しそうだ。本人が良縁を見つけてくれれば、それが一番の親孝行ではないか！

そうこう言っている内に五人組の約束した日曜日がやって来た。

「ヤアッ、直ちゃん、いらっしゃい。皆さんもうお揃いで、とっくに重要座談会が始まってるぞ！」

寅次の威勢よいしゃがれ声が出迎えてくれた。

寿司屋らしい建屋、黒塗り、鬼瓦の玄関を潜って、奥の八畳間へと急いだ。

「アア、直ちゃん、やっと来たか。今日は美鳥ちゃんも来てくれたのに遅いじゃん。食事が始まらんよ。

それで今までずっと春ちゃん家のゴタゴタを聞かされてたんだがね」

入り口の襖を開けると時江がブツブツ言いながら、一つずれて席を空けてくれた。

「だけど、介護しているダンナさんまでが正志君の見合いの邪魔するなんぞ、我慢強い春ちゃんだってめげるわさ！　他人事じゃあるまいし」

友達想いの清子も腕を組み口をへの字に曲げている。

「エーッ、春ちゃん、ダンナさんは正志君の結婚に反対なの？」

席に着いたばかりの直美も、つい声を荒らげた。すると今まで黙っていた当の春代が顔を上げ喋り出した。

「そりゃあ、正志が見合いに乗り気でないからとはいえ、『そんなら無理に結婚させることあねえ。お前が代わりに結婚したらどうだ。病気の俺が厄介なら今すぐ離婚してやるぞ！』

何て無茶を言い出す始末で情け無くって泣けてきたよ」

「離婚だなんて今さら、ダンナも無責任だわ！　家のダンナも同類だけどね」

時江が憤慨すれば清子がそれに水を差す。

「そういえば時ちゃん所もヤバイんだって？

パチンコ道楽で夜な夜な通っている内に、ダンナに若くて美人の彼女が出来たとか？」

「ウン、こっちだって春ちゃんと同じで情け無いよ。浮気の現場を見た訳じゃないけどさ。二〜三日前にダンナのパチンコ仲間の佐藤ちゃんに道でバッタリ出会したんだ。すると最近四十代位の長い髪を結った女をパチンコに連れ歩き、仲良く一緒に帰るのを見たと言うんよ。本人に問い詰めたら黙ってニヤニヤ笑って否定もせずで、気持ちが悪いの何のって！」

四人は時江の剣幕に圧倒され暫く聞き入っていたが、その内入り口の襖がスッと開いた。

「オーッ、重要座談会が随分盛り上がってる様だが、寿司ランチ五人前、毎度おおきに！」

寅次がニコニコの恵比寿顔を覗かせたので、物騒な時江の話はそこでチョンと幕切れになった。

「寅さん、今日は寒川さんの反省会だから、食事の後でちょっと顔を出してくれるかな？」

「アアッ、清ちゃん、いいよ。美女達五人組が揃ってお出ましとなれば嫌とは言えますまいて！」

寅次はハッハと笑いながら答えると、そのまま一旦引き下がった。

実際毎回同じパターンで愚痴の聞き役だと分かっていたのだが。

「握りがデカくてシャリは美味しいし具は何でも、やっぱり寅寿司は最高だわ。それにしても最近一人暮らしになってからは、食事の支度がめんどくさくて碌な物を食べてないよ。久し振りの大御馳走だわ！」

「清ちゃんったら、栄養が片寄らない様にちゃんと食べないと病気になるよ！　そういえばまだ畑で野菜を作っているの？」直美に聞かれ清子は頷いた。

「アパートから通うのがだんだんおっくうになって半分に減らしたよ。その代わり寅さんに老人クラブのグラウンドゴルフに誘われてさ。アパートのすぐ近くに練習用のグラウンドがあるんでね」

「アラッ、それならいいわね。私も足の調子がよくなれば行ってみたいわ。普段動かないので太ってしまったのよ」

美鳥は久し振りに出席し楽しそうにそう言ったが、反面、春代はムッツリして寿司を摘んでいる。酒を飲む時はカラオケで舟木一夫の「高校三年生」や三田明の「美しい十代」を六十代とか七十代と歌って御機嫌なのだが？　とはいえガラガラ声なので皆耳を押さえている。

それぞれが自由勝手、清子と時江は喋り放題だし、悲喜こもごもである。

それから暫くして寅次が日本茶と和菓子を盆に入れ運んできたが、その時寅次を見て清子が何か思い出した様子で声を張り上げた。

「アッ寅さん、楽しいからつい忘れていたわ。

寅さんは民生委員だったよね？

家のアパートのポストにも時々、市の広報か何か入れにくるだろう？

大家さんとも知り合いなら、ちょっと頼まれてくんない？」

清子が今度は何を言い出すのかと皆心配そうに目を白黒させた。

「部屋のお隣さんなんだけどね。まだ顔は見てないけど若い男の子らしいんだ。昼間はいないけど夜になると毎晩遅くまで話し声が騒がしくてさ。お陰で近頃不眠症なんだよ。

何とかならないだろうか？」

「ホウ、清ちゃんの右隣は空室だったから、左の一〇五号室だな？」

「そうだよ。縁起が悪いとかで四の付く一〇四号室はないんだって」

「話し声が煩いというと一人じゃないんだな？　仲間と毎晩宴会でもやってるんだろうか？　それにしても素性の分からん輩だろう。恨みを買いとんでもないことになるやも知れんから、清ちゃんが直接一人で怒鳴り込んで行くのは止めた方がいい。よし、地主や大家とも顔見知りだから、その内注意して貰う様頼んでおくわ」

「ワーッ、流石に寅さんだわ、清ちゃんよかったね！」

五人組の拍手の輪の中で、寅次は「マア、マア」と照れ笑いした。

それから名目ばかりの反省会が始まりはしたが、堅苦しい議論などは当然皆苦手でやりたくない。

「反省会？　といっても毎年同じで別に意見は何にもないよ。それより次の旅行は日本海に出て河豚三昧なんかどうだろうか？」

体重にも言葉にもそれなりに重みのある春代の言葉に誰も反対しない。むしろ大賛成である。

「フムフム、春ちゃんの考えそうなプランだわ。日本海の河豚料理で一杯かね？　しかしその件は俺の一存では決められんよ。四月初めの花見ツアーまでに考えておこう」

「アア、寅さん、そのお花見なら京都の嵐山、吉野桜がいいよ。人力車もあるから美鳥ちゃんが行っても安心だわ！」

「清ちゃん、それより長野の薄墨桜にしようよ。満開時は見事だと有名やし、一遍実物を拝みたいじゃん。ちょっくら下呂温泉にも寄り道してさ！」

例の如く清子と時江がベラベラやり出した。

「よしよし、話はそこまで！　花見の件は次回持ち越し。

それで寒川神社参拝ツアーの反省は別に何もないんだね？」

寅次がそう発する前に既に遅く、五人が一緒になり勝手にガヤガヤ騒ぎ出した。何だ彼んだとお喋りが止まらない。

「エーッ、それではこれにて五人組熟女軍団の反省会は終了、お開きと致します！」

これ以上宥めるのは困難だと知っている寅次は、そこでズバリと釘を刺した。

大体何時もこんな調子で寅寿司の食事会は終わり、ストレスも吹き飛んだ五人はスッキリ笑顔になって退散するというパターンであった。


しかしそれから二日後のことだった。オレンジのランチタイムが過ぎた後、何故か春代と時江が神妙な顔を揃えてやって来た。

「美香ちゃんは親孝行で本当にいい娘さんだ。

正志にもこんな嫁さんが来て欲しいが無理かねえ？」

注文を取りに行った美香に口癖の様にそう話し掛ける。

毎度であるが今日は何時にも増してトーンが低く溜め息混じりである。

「もう、春ちゃんったら！　美香ちゃんが親孝行娘さんでも私の前では禁句だわ。家には親不孝な出戻り娘と五歳の孫までが居候しているんに！」

ところが時江は何故か気難しい顔のまま、厨房にいる直美を盛んに手招きする。

「いらっしゃい。何時も有り難うね。美香が親孝行とはいってもね。あれで中々頑固で意見が衝突すると大変なのよ。余所の家は何処でもよく見えるものだって」

「成る程ね。そりゃあ直ちゃんの言う通りかも知れんけどさ。今日はそんなんじゃなくて、春ちゃんの問題で話を聞いて貰いに来たんよ」

そうは言いながらも時江は何か歯切れが悪い。

「ホラッ、ここ二～三度春ちゃんと一緒に来た結婚相談所の田所さんって人知ってるでしょうが？」

「エエッ、正志君のお見合いの話で来てみえたわね。中々面倒見もよくって真面目そうな方じゃない。それがどうかしたの？」

「その田所さんのことで柄にもなく春ちゃんが頭を抱え悩んでるんよ。先日の食事会の時、ここまでの話は流石に寅さんにも言えんかったのだと。そりゃあ春ちゃん、やっぱり自分から直ちゃんに話した方がいいって」

時江が顰めっ面をし、春代の脇腹を肘で小突いたので、春代本人が渋々口を開いた。

「正志の話の序でというか、つい勢いでダンナの悪口を田所さんにベラベラ喋ってしまったんだわ。

それで偉く同情してくれて、その後話が可笑しな方向へ行ってしまってなあ。

『正志君の見合いは本人の為なので気長に進めましょう。しかし御主人の奥さんに対する態度は許せない！　離婚してもいいと言われるのなら、いっそのことそうして貰ったらいいじゃないですか。僕は独身ですし、奥さんとは初めからよく気心が合い、年は気になりません。実は僕の好みのタイプなのですよ。

御主人と離婚し、結婚を前提にお付き合いさせて下さい！』

五十歳そこそこの田所さんに七十の私が告られるなんぞ前代未聞、びっくり仰天、どうしていいか分からずホトホト困ってしまったんだわ」

そこまで話すと春代は年甲斐もなく顔を赤らめ下を向いた。

「まさかとは思ったけどな。春ちゃん、若い？　嫌、それほど若くもない男に言い寄られのぼせて、とうとうその気になってしまったんよ。

私もダンナが穀潰しで腹が立つから春ちゃんの気持ちも分からんではないんだが、不倫だけは止めた方がいい。絶対後悔するよって言ってるんだわ。

直ちゃんもそう思うだろう？　春ちゃんにここではっきり駄目出ししてやって欲しいんよ！」

直美は流石に驚いた。

「エエッ？　春ちゃん、あの田所さんとそんな風になってるの？

でもダンナさんはまだ今体調が悪いんでしょ？　元々は優しい方なのにストレスから春ちゃんを傷付ける言葉を吐いてしまうのよ。だからしっかり支えてあげないと。

田所さんのことは多分一時の擬似恋愛？　それともめったに見られない楽しい夢？　で

もその内きっと夢が覚めれば元通りよ。時が解決すると思うわ！」

　駄目出しと言われても直美は当惑し、決まり切った常識的な答えしか出せなかった。しかしそれも後になって、しまったと悔やむのだが。

「そうだ、そうだよ！　直ちゃんの言う通りだ。一種の現実逃避だわ。ダンナさんが元気になってくれれば夫婦仲も元通り、悪夢も覚めるわさ！」

　こうなると時江も自分の家のイザコザはすっかり棚上げで、春代の夫に同情的になるから不思議である。

「二人がそう言うならそうかも知れん。今思えば田所さんも私を慰めようとして悪い冗談を言ったんだわ」

　春代はしょんぼりと項垂れ見る影もない。

「春ちゃんったらそんなに気を落とさないで。この年になると元気が一番、認知症にだけはなりたくないものね。でもその調子じゃ大丈夫そうで安心したわ。頑張って！」

「そりゃあ、ま、こう言っちゃ何だけど、春ちゃんも私も忙しいから認知症やボケる暇もないよ。

　とにかく直ちゃん、今日は有り難う。さあそろそろ帰らないと、こども園へ孫を迎えに行く時間だわ」

「時ちゃん、直ちゃん、手間を取らせて済まんこって。

　私もダンナがデイサービスから戻るまでには帰らんとな」

二人はそれぞれ現実の役割分担を思い出しブツブツ言いながら帰って行った。けれどそんな二人も直美にとっては親しい大切な友人で仲間である。季節柄冷え冷えとした店外へ二人を送り出し手を振ったが、春代の気持ちがこれで上手く収まってくれればいいが、と気になった。

そんな出来事があってから一週間後、それは水曜日の夜であった。

「ヤア、直ちゃん今晩は。今ならテレビでも見てゴロゴロしている頃だと思ってな！」

夜八時頃、風呂上がりに寛いでいると寅次から電話が入った。

「急で悪いんだがね。今度の土曜午後三時、二十名程の予約をしたいんだが大丈夫かい？新年度グラウンドゴルフ会員の親睦と初顔合わせだよ。何、店を貸し切りじゃなく他のお客さんと一緒でいいんだが、清ちゃんも来るんだよ！」

「分かりました。三時ですね？　店の奥に予約席を用意しておくわ。寅さん、何時も有り難う御座います」

以前からよくオレンヂを利用してくれている寅次に丁寧に礼を言うと、その後電話はすぐに切れた。

ところが二～三十秒後、再びベルが鳴り始めたので、寅次が後になって何か言い忘れたのかと思った。

「母さん、俺だよ。俺、英信だけど元気？」

けれどそれはＩＴ関係の大阪支社勤務である息子の英信からだったが、久し振りで驚いた。

「アラッ、英信なの？　こんな時間に電話してくるなんて珍しいわね。尤も昼間は仕事で忙しいだろうけど、何かあったの？」

「それがさ。突然の話なんだけど今こっちで交際している彼女がいるんだ。俺もいい年だしソロソロ結婚したいんだよ。だけどちょっと困った事情があるんで母さんに頼まれて欲しいんだ」

「そういえば英信に彼女が出来たらしいと美香からは聞いてるわ。よかったわね。それでどんな方なの？」

「会社の後輩で俺より二歳年下だよ、美香より一つ上だけどね。それはいいんだけど実は二〜三日前、父親が脳血栓で倒れ入院してしまったというんだ！」

「エッ、お父様が？　それじゃ大変じゃない!?」

「命は助かったんだけど大手術で費用は結構掛かるし、退院後は手足に麻痺が残り仕事に復帰は出来ないらしい。母親は専業主婦で、しかも家のローンがまだ千五百万円残ってるそうだよ。このままでは両親を助けねばならず結婚どころじゃない。悪いけど自分とのことは諦めて欲しいと言われてさ」

「エエッ、そんな難しい話になってるの？　娘さんもお気の毒に。

英信の気に入った娘さんならきっと親孝行でしっかりした方でしょうね。母さんがどうこうは言えないけれどそれじゃあ困ったわね。それで英信はどうするの？」

「四歳年下の弟も寮に入って働いてるんだけど、会社が不景気で親を助けるどころじゃない。

俺と彼女の援助金だけではとても足りそうにないし、この際母さんに何とか一千万円程助けて貰えないかと思って」

「エエーッ、何ですって？　一千万円？　英信いくら何でもそんな大金は無理よ！」

「母さん、お願い！　助けて！　一生恩に着るよ。都合してくれれば俺達はすぐ結婚出来るし、共稼ぎして二人で少しずつでも返して行くからさ！」

母さん、助けてなんて言われるのは初めてだった。直美は突然の英信の頼みに天地がひっくり返る程驚いた。しかしよく考えてみれば英信も春代の息子正志の年齢に近い。折角の良縁ならば早く結婚させてやるべきではないか？

幸い勝信の残してくれた生命保険金は手付かずで預金してある。そこからリフォーム代を引いて、後の金はいずれ英信や美香にと思っていた。

ならば予定しているリフォーム代一千万円を先に英信に役立ててやってもいいのではないか？　直美の我が子を想う熱い母親心が必然的にフツフツと湧き上がってきた。

「英信、あんた今殆ど貯金もないんでしょ？

母さんが一千万円を都合すれば本当に望み通り結婚出来るのね？

店のリフォーム代にと思って銀行に連絡してあったけど、それは少し先伸ばしにするわ」

「エッ？　母さん、本当にいいの？　有り難う！

でもこの事は暫く美香には内緒にしておいてくれるかなあ？　妹でも金の話だから反対されて不仲になると困るからね。

それで名古屋本社にいる先輩の棚橋さんが明後日出張で大阪に来ることになってるんだ。明日の夜その棚橋さんに用意した現金を預けてくれないか？」

「棚橋さんに？」

「去年会社の同僚だと言って、俺が二〜三人仲間をオレンヂに連れて行った事があるだろう？

その内の一人で一番背の高いヒョロリとした人だよ」

「背の高いヒョロリとした人？」

「その棚橋さんに頼んで明日夜八時、近くの梅林公園入り口辺りに取りに行って貰うからね。服装は白のトレンチコートに黒のサングラス、心配しないで。母さんが着いたら棚橋さんからすぐ俺に電話を入れて貰うよ」

英信は残業途中だからと用件が済むとすぐ電話を切った。それでも余りに急な話なので、直美はもしや今よく聞く俺々詐欺ではないかと疑った。だが妹の美香についてもよく知っていて全てつじつまが合っている。突然だが声は英信だと思えたし、どう考えても別に不審に思える節はなかったのである。

一方枯れ熟女五人組にとって頼もしい存在である寿司屋の寅次の生い立ちはというと、それも美鳥の境遇に似て六年前優しくて美人だったという噂の妻を子宮癌で亡くしていた。

けれどそんな不運の中、当人は人の良い温厚な人柄で周囲からは仏の寅さんと呼ばれ親しまれていた。

息子夫婦のお陰で直美同様一線を退いていたので、地域の世話役などをよく頼まれる。しかしそれも町内会からは何かと贔屓にして貰っていたので断る訳にもいかなかったのである。

その寅次が直美にグラウンドゴルフ親睦会の予約を頼んだ日の四～五日前に遡る。

夜七時頃、区の老人会会長にグラウンドゴルフ会員の名簿等を持参しようとトコトコと家を出た。

会長宅で雑談をしながらお茶を御馳走になり、その帰り道、九時頃だったが丁度清子の住むアパート近くを通り掛かった。

『騒音の件は大家に頼んでおいたが、火の用心の夜回り序でだ。念の為ちょっくら一回りしてみるか』

そう思い付きアパートの駐車場に足を踏み入れた。ところがその時、同時に一台の白いワンボックスカーが寅次を追い越し、前方四～五メートル先で急ブレーキを掛け止まっかった。

た。乱暴な運転だとは思ったが、それには構わず三棟並ぶ内二棟目にある清子の部屋に向かった。

ところが後ろからそのワンボックスカーから降りてきた二人の男が寅次を擦り抜け、そして同じ並びの部屋にサッサと入って行く。見れば何とそこは清子の隣室である例の一〇五号室ではないか。チラッと見えただけだったが、背の高い方は白のトレンチコートに黒のサングラス、右手には銀色のアタッシュケースを抱えている。もう一方は中肉中背で黒のダウンジャケット着用だったが、その時になってからハハーンと思い首を縦に振った。

『あの二人、以前確かに出会ったことがあるぞ！

それも可成り最近だ！』

寅次はこのアパートから徒歩で十分位のグラウンドゴルフ場に週二回通っている。しかし役員なので少し早目に行き、倉庫やトイレの鍵を開けねばならなかった。

ある時、手前の砂利敷き駐車場を見ると、普段はない白のワンボックスカーが停まっている。

その横で男が二人煙草を吸いながら何か立ち話をしていたが、それが今の二人の服装で背格好も同じだったと思い出した。

「長さん、今度の仕事はヤバイよ。息子がヘッポコで金が取れないからと言って、代わりにデブの婆あからなんて勘弁してくれよ！」

「ビクビクするな。予定しているもう片方の金持ち婆さんからもタンマリ取れれば、お前にも分け前をタンマリ弾むぞ。しっかりやれ！」

寅次が二人に近付いてみると何か悪巧みらしい話し声が聞こえた。

「お宅さん達、どちらさんかね？　ここは空地になっているが老人会専用の駐車場なんだよ。すぐに出て行って貰えるかね？」

寅次が後から二人に声を掛けるや否や飛び上がる様にして車に乗り込み、そのままアッという間に走り去った。

『謝りもせず無礼な奴等だと思ったが、あの二人が一〇五号室の住人だろうか？　大家は一人暮らしの派遣社員だと言っていたが？』

それからグルリとアパートを一周してベランダ側に出てみたが、テレビの音位で特に騒音は聞こえない。

この分なら大丈夫だろうと一安心し、寅次は駐車場側から道路に出て夜道を足早に帰宅したのである。

水曜日の夜、息子英信から電話が入り翌々日の金曜夜八時少し前、直美は厚手のカーディガンを羽織り車で店を出た。

一千万円入りの重い旅行バッグを小脇に抱え、流石に普段と違う落ち着かぬ様子で車に乗り込んだのだが。

地域の観光名所となっている梅林公園に到着したのは、それから五～六分後であったが、突然駐車場入り口で薄グリーンの軽自動車とすれ違った。それが思ったより凄い勢いで飛び出してきたので衝突しそうになってしまったのだ。

『フーッ、恐い恐い、危なかったわ！　最近視力も落ちてきてるし、こんな時は慎重に慎重に！』

胸はドキドキだったが、慣れない大金入りのバッグをヨッコイショと抱え、梅林公園入り口のアーチを潜った。

棚橋との待ち合わせ場所は左側にある公衆トイレの裏だと言われ、足元に気を付けモタモタと回った。既に散り掛けていた赤や白の梅花は奥まで続く照明の中、風情がありウットリはしたが、それ処ではない。トイレの裏だけは光が届かず暗く不気味に思える。しかもそのすぐ下が落っこちそうな急な斜面なのも気になった。携帯は家に置いてきたし懐中電灯を持参する余裕もなかったが、てっきり先に来ていると思った棚橋の姿がそれからも中々現れない。寒いので足踏みしながら待っていたが、それから三～四十分しても人っこ一人来ないのだ。

これは変だと思い始めた時、目が次第に闇に慣れてきた。視界が開け、足元や斜面の下がよく見える様になった。

そしてふと水の流れている下の側溝を見ると、何やら不自然な形の白い塊がある。

何だろうとよく目を凝らして見ると、側溝に片足を突っ込んだ状態で倒れている人間の体だと分かった。

ギョッとして恐る恐る覗き込んだがピクリとも動かない。

「ギャーッ、人が倒れている！　だ、だけどどうしてこんな所で？　死んでいるのだろうか？」

先程から全く気付かなかったが、英信から聞いた白い服装からして、もしや棚橋ではないかと思い小声で名前を呼んでみた。しかし何の反応もなかったのだ。

『どうしよう？　すぐ警察に通報しないと！』

そうは思ったが予想外の出来事に頭が真っ白になり混乱した。

『だけど一千万円を持ってウロウロしていれば変に思われ調べられるだろう。殺人の犯人にでも間違えられたら？』

そんな考えに辿り着くと、もうじっとしていられず、人に見られる前にこの場から逃げ出したくなった。側溝に転がっているのが棚橋であろうとなかろうと、とにかく今は一旦家に帰ろう！

時間はかれこれ九時を過ぎている。こんな筈ではなかった。一千万は棚橋に渡せなかったし、何かの行き違いがあったのだ。英信から何らかの連絡があるに違いない。そう考えその場はただ闇雲に行動する外なかったのだ。

「もうソロソロ三時になるな。会員連中がドドッとやって来るぞ。宜しく頼むな」

翌日午後二時三十分には寅次が先にオレンジに来てくれ、それから二十分後にはジャージ姿の日焼けした年配者達がゾロゾロと店内に押し寄せた。

そして最後に遅れてやって来たのは新米会員の清子であった。

「新人の岡島清子と申します。グラウンドゴルフは全くの素人です。皆さん色々お世話を掛けると思いますが宜しく御指導お願いします」

全員が揃った直後、清子が立ち上がって珍しく真面目に自己紹介した。ところが何時もより顔色が悪く、席に着くや否やコックリコックリ居眠りを始めてしまったのだ。

「アレッ、清ちゃん、今日はどうしたの？　寝不足なの？　又例の騒音が原因？」

直美は奥から順番に飲み物を運んでいたがその途中そっと声を掛けた。

「ウーン、直ちゃん、それは違うんだ。お隣さんの所為じゃないよ。昨夜遅くに時ちゃんに付き合わされちゃってさ！」

清子はゴソゴソと寝ぼけた顔を上げ両手を高くして遠慮のない大欠伸をした。遅れてきて席は一番端なので目立たないと思ったのだろう。

「エッ？　昨夜遅くって。時ちゃんと何かあったの？」

「それがさ、ダンナが十一時過ぎても帰宅しないからやっぱり例の彼女と一緒にいるんだ！　彼女のアパートは大体佐藤ちゃんに聞いて分かってるから今日こそ怒鳴り込んでやる。清ちゃん、悪いけど一回だけ付き合ってくれない？

などと余り真剣に頼むので、うちもつい嫌と言えなかったんだ。

それで近道だからと言って梅林公園の中を突っ切って行こうとしたんだよ。そしたらさ！」

「エェッ？　梅林公園を通って？」

直美は一瞬ドキリとした。昨夜の事件についてはずっと気になっていたが、今になっても英信からはまだ何も連絡がないのだ。

「公衆トイレに寄りたくなって懐中電灯をクルクル回した時」

「懐中電灯を回した時!?」

「何だろうと思って覗いたら、下の側溝に白いコートの男が倒れているのが見えたんよ！」

「エッ？　白いコートの男！」

「放ってもおけないから一一〇番したら、その後が大変、第一発見者って言われて警察に色々調べられてさ。もう時ちゃんもダンナの彼女どころじゃなくなってね！」

「清ちゃん警察に何を調べられたの？」

「第一発見者が犯人ってことがよくあるって言われたけど冗談じゃないよ。時ちゃんと二人で必死に弁解して何とか分かって貰えたからよかったものの。

でも倒れていた男はもう三〜四時間前には亡くなっていたんだと、警察官が話してたけど現場に血塊の付着した拳大の石が落っこちていた。それで頭や背中を何度も殴打され殺害された様だ、これは単純な殺人事件だって言ってた」

「殺人事件だって!?」

直美は愕然とした。本当は自分が一一〇番するべきだったと良心も咎めた。

「そうだったの。それは本当に大変だったわね！

でもそれで亡くなられた方の身元は分かったの？」

自分も被害者が棚橋なのか？　誰だったのかは知りたかった。

「それがさあ、聴取を受けている間それとなくジロジロ観察していたら、警察官の一人が男のポケットから免許証を取り出し、中谷長一（なかたにちょういち）、長さんか？　などと冗談交じりにボヤイてたわ」

「中谷長一、長さん!?」

「そういえば遺体の横に黒のサングラス、それに女性用の茶色いべっこうの髪留めも落ちていたんだって。

もしかしたらその髪留めは犯人の遺留品とも考えられる。害者と揉み合った時落としたんじゃないか？　って私達にも見せて聞かれたよ。二人して大慌てで否定したわさ。だから犯人は女性かも知れないんだよ。とにかくその後アパートに戻れば午前一時だったし、それからはショックで全然眠れなかったんだ。おまけに時ちゃんのダンナはとっくに帰宅していて大鼾、時ちゃんもうちも全く酷い目に遭って、昨夜はとにかくくたびれ損だったわ！」

あの場所で死んでいたのは、金を取りに来てくれた棚橋ではなかったのか？

それにべっこうの髪留めと言われ直美はハッとして左手で頭を押さえた。

英信の先輩に会うのに、仕事疲れのボサボサ髪も恥ずかしい。

去年母の日に美香からプレゼントされたべっこうの髪留めを昨夜初めて使ったのだが、それを何処かで失くしてしまっていた。気持ちが動揺していて朝になるまで気付かなかったのだ。

『という事は、あの現場に？』

今や真っ青になって立ち竦み自分の仕事や立場も頭になかった。一千万円は押し入れの奥に仕舞い込んだが、何故だが自分が真犯人の心境に落ち込み急に立ち眩みがしてしまった。

「オーイ、直ちゃん、追加注文のホットケーキはまだか？」

「アッ、ハイハイ、今すぐお持ちします」

寅次の呼ぶ声でやっと我に返ったがとにかく焦った。

狭い町だし、事件はすぐに寅次の耳にも入り、あっという間に広がるだろう。そう思うと余計に心配になり、自分の取った行動は知られたくなかった。

殺害された男は棚橋ではなかったと聞きホッとはしたが、英信からの連絡もなく訳が分からない。

ところがそれから一時間後、寅次や清子の御一行様がお帰りになると、美香が待ち兼ねた様子で走り寄って来た。

「母さん、ちょっとちょっと、我が家の大事件よ！　さっき兄さんから私のスマホに電話が入って、来週の日曜、交際している彼女を連れて遊びに来たいんだって。ついに紹介したいらしいわ。母さんも私も大歓迎よって言っておいたけど、それでよかったでしょう？」

「マアッ、英信が？　そりゃあ次の日曜は特別予定は入ってないけど、でも急にどうして？」

事件の話もしないし、こんな時に何故自分でなく美香に連絡してくるのだろう？

彼女の話は自分より美香の方が言い易いからか？

それでも突然彼女を紹介したいなどとは、一千万円を直接二人で受け取りにきたいのかも知れない。

とにかく英信に事情を聞くまでは警察に出向く気にもなれず、事件については、そのまま放置状態となった。

そして三日後の火曜日はオレンヂの定休日であった。その日お昼過ぎに美鳥から電話が入った。

「アヽ、直ちゃん？　私、美鳥だけど今日は忙しい？

油絵が今まで掛かってやっと七～八枚完成したのよ。その内、二枚は市の展覧会に出展予定だけど、それ以外の物で直ちゃんの気に入ったのがあれば、ぜひ貰って欲しいんだけど、暇があれば見に来てくれないかしら？」

「エッ、本当？　凄いわ！　でも美鳥ちゃんの努力の結晶でしょう？　本当に頂いちゃっていいの？　以前から壁に飾るのに複製でなく本物の油絵が欲しいと思ってたところなのよ」

「趣味程度だから下手なのよ。気に入らなかったら御免なさい。出来れば須賀さんと一緒にランチでも食べながら、お店に持って行こうと思ったのよ。でも先週の土曜から又バッタリ連絡が取れなくなり、そのままお休みになってしまって。先日のこともあるから向こうから又何か言ってくるだろうと思って待ってるのよ」

「そうだったの？　私なら今日は丁度暇で困ってたから大丈夫よ。二時頃までに伺うわね」

　昔から気心の知れた仲間で友人である。特に美鳥は自分同様、夫を亡くしているので、何かと裏表なく話せる。一時過ぎになると喜んで家を出た。

「御免下さい。直美ですが美鳥ちゃん、お待たせしました」

　ところが玄関のチャイムを鳴らすと何時も動きのノロイ美鳥が殊の外早く顔を見せた。

「アラ、直ちゃん、いらっしゃい。それがね。今急なお客さんがあって。でも外で立ち話じゃ何だからとにかく入って」

「そ～お？　それじゃ、おじゃまします」けれど玄関のドアを開け中を覗いた時アッと驚いた。

　土間の上がり口には白髪頭の目の鋭い男が座り込み、直美の顔にジロリと視線を投げてきたからだ。

「アア、これはどうも小清水さんのお友達ですかな？　無粋物がおじゃましておりますが、実は私は愛知県警の新貝(しんかい)と申します」

　立ち上がりポケットから警察手帳を出して見せたので、その男が刑事だと分かった。

「先日この近くの梅林公園で殺人事件が起きたことは御存知でしょう？　それでこちらでヘルパーをしていた須賀千春(ちはる)容疑者について、小清水さんに話をお聞きしていたところです」

「エッ？　あの梅林公園での事件ですか？　でもそれと須賀さんが何か？」

　直美は梅林公園の事件と聞き内心ビクリとしたが、平静を装って質問した。

「それがね、直ちゃん、私も驚いてるんだけど、刑事さんがおっしゃるには、須賀さんは殺された中谷長一の内縁の妻だったんですって！　こちらも連絡が取れず困っていたけど、事件以来行方不明で警察が捜索中なのよ。それで何かの理由で発作的に中谷を殺害してしまったのではないか？

　凶器とみられる拳大の石に血がベッタリだったので、ＤＮＡ鑑定や指紋の照合をしてるんだそうよ。でも私は須賀さんが犯人だなんて、とても信じられないわ！」

　刑事から先に話を聞いていた美鳥がオロオロしながらも早口で説明した。

「そんな！　あの須賀さんが犯人だというの？」

「直ちゃん、須賀さんは以前転んで顔に青アザが出来たと言ってたでしょう？　あれも中谷に暴力を受けたかららしいのよ。それにホラッ、これ、現場で発見されたそうだけど須賀さんの髪留めなのよ！」

美鳥が手の平に持っていた包みを広げると、何とそれはべっこうの髪留めだった。

「エッ、これは須賀さんの物なの!?」

清子から聞いていたが確かに色や形にしても直美の失くした髪留めとは違っていた。

「そうなのよ、仕事中は何時もこの髪留めで長い髪をキチンと結っていたわ。優しくていい人だったのに」

須賀を気に入っていた美鳥は涙ながらに話したが、直美としてはそれが自分の物でなく一先ずホッとした。しかしそうなると、あの美香に貰った大切な髪留めを一体何処で失くしたのか？

「我々は現在、須賀容疑者の行方を八方手を尽くし捜していますが、二人の住んでいた住居周辺での聞き取りでは、最近中谷によく暴力を振るわれていたらしい。夜毎外に出て公園のベンチで泣いていたのを見たとか、近所の住民は同情的でした。

一つ気になっているのは殺害現場にも何処にも被害者の携帯が見当たらないのです。須賀本人が証拠隠しに持ち逃げした可能性もあります。

危惧されるのはもし犯人だとしたら彼女が自暴自棄になり、アチコチ自殺場所を求めさ迷っているとも考えられるのです。それだけは何とか食い止めたいので、こうして須賀の関係者の方々には御協力をお願いしているのですよ」

「ハイ、刑事さん。分かりました。あの須賀さんがそんな大それた事件を起こすなんて、きっと余程の事情があったんでしょう。電話連絡や何かが分かれば必ず報告致します」

深刻な面持ちの美鳥に同情し、直美も宜しくお願いしますと何食わぬ顔で刑事に何度も頭を下げた。

そして新貝が用件を済ませて立ち去った後、美鳥は可成りショックを受けてはいたが、約束通り直美をアトリエに案内してくれた。

アトリエといってもリビング横、フローリングの六畳間だったが、壁にも床にも美鳥の苦心作である大小の油絵が無造作に飾られていた。

「アラッ、これは静物画ね！　この果物の盛り合わせが素敵！　特にオレンヂが新鮮で水々しく、本物より美味しそう！　これならお店にピッタリだわ！」

「そうでしょう！　きっとそう言うと思ったわ！」

「美鳥ちゃん、有り難う。じゃあこれを頂こうかしら？

それとも額は小さ目だけどあちらの紅白梅も上品でいいわね？」

「それはそれで和風で趣があっていいでしょ？　直ちゃんが気に入らなければ寅さんにあげてもいいと思って」

「確かに春先の松竹梅と一緒に床の間の壁に飾れば、お寿司屋さんらしくていい感じよ。それならいっそ、早速寅さんに電話して見にきて貰ったら？」

「そうね。直ちゃんがそう言うのなら、今からすぐお店に電話して聞いてみるわ」

しかし美鳥が寅寿司に電話すると丁度寅次は役員の会合とかで外出していた。

「じゃあ私がこの果物の絵と一緒に預かって行くわ。モーニングタイムにもよく来てくれるから、その時見て貰うわよ」

直美は美鳥に了承を得て二枚の絵をオレンヂに持ち帰った。しかしそれから、たった二日後のことだった。


「直ちゃん、大変、大変だよー、寅さんがさ、昨夜救急車で病院に担ぎ込まれたんだと！」

午後一時過ぎ、清子からけたたましい電話が入った。

「夜道で転び脳震盪を起こしたけど、幸い処置が早くて命に別状はないそうだけどね！」

「エーッ、あの元気印の寅さんが？　一体何があったの？」

寅次が二〜三年前、一度脳梗塞で入院したのは知っていた。

「直ちゃん、申し訳ないけど、それもうちの所為なんよ。

梅林公園の事件で中谷長一のことを話したらさ。服装や格好が先日一〇五号室に入って行った男に似ている。しかも一緒にいたプルオーバーの男が、確かサングラスの男を長さんと呼んでいた。うさん臭い奴等だったから、どうも気になると言い出してさ。昨夜九時過ぎになって、物陰からずっと一〇五号室を見張っていたんだと」

「フーン、あの寅さんが？　まるでテレビドラマの中の探偵みたい」

「そうだよ。いい年した御隠居探偵さ。それで四〜五人の男達がゾロゾロ部屋に入って行くのを見た。

プルオーバーの男はいたが、その中に先日の長さんはいなかった。となると殺された男と同一人物だったのではないか？　それにどう考えても、あの男達の様子は何か怪しいと睨み、アパートの駐車場を出た辺りで一一〇番したんだと。だけどその時、道路の段差でスッテンコロリン、暗くて気付かなかったらしいけど余程慌ててたんだよ。

通報しながら自分も体が動けなくなって救急車も序でに呼んで貰った。それで市民病院へ搬送されたって話だわ」

「救急車も序でにですって？　分かったわ。とにかく急いでお見舞に行かないと！」

「ところがそれで終わりじゃないんだ。まだ続きがあってね」

「エッ？」

「寅さんの通報で深夜になってアパートにパトカーが何台も押し寄せ、その後大騒ぎ。大捕り物が始まってさ。

ビックリして飛び起き、ドアの隙間から覗いたら、アレヨ、アレヨという間に一〇五号室の男達全員が逮捕され連行されて行ったんよ！」

「へーッ、凄い！　だけど何故男達全員が連行されたの？」

「それが一〇五号室は何と特殊詐欺集団の巣、携帯電話を十台以上置いた仕事場だったんだって。それに騒音を大家さんに注意された後、壁やベランダ側に防音カーテンを取り付けたらしいわ。それで声は静かになったんだけど、恐いったらないよ。

だけど105号室の部屋が空っぽになった後は清々したよ。やっとスッキリ安心してよく眠れる様になったわ！」

「フーン、特殊詐欺の巣だったの？　そりゃあ清ちゃんもびっくりだわ」

直美も清子の話に驚いたが同時にハッとして目が覚めた様になりやっと気付いた。

『あの中谷は詐欺師だった！　ならば英信に成り済まして電話をしたり、棚橋を装い、自分から一千万円を騙し取ろうとしたのではないか！　声も似ていたので信じてしまった！』

そういえば英信は通常自分を俺とはいわず僕と言っていた。だとすると中谷が須賀に殺害されていなければ、自分はまんまと大金を奪われるところだったのだ。今頃になって背筋がゾッとした。

「ちょっと直ちゃん、どうかした？　そりゃあこんな大事件めったにないから誰でも驚くけどさ。それはそれとして、とにかく寅さんを見舞いに行こうよ。私等も色々お世話になってるし」

「アア、そう、そうね。分かったわ。了解、外ならぬ寅さんのことだから放っとけないわ。じゃあ清ちゃん、後一時間後に車で店を出るから、アパートの入り口辺りで待っていてくれない？」

急遽外出する段取りをし、美香にも事情を話してから、清子と二人で市民病院に向かった。

ところが、その見舞いに入った寅次の病室でも、又予期せぬドッキリビックリが待っていたのだ。

「オヤッ、あの時の奥さん、杉山さんですね？　小清水さんのお宅ではどうも」

すぐに思い出したが、それは先日美鳥宅で出会した新貝刑事だった。もう一人三十代位の若手を伴って病室に入っていたが、それも今来たばかりだという。

「アラ、又、偶然ですね？　刑事さん、今日は何か？」

「特殊詐欺一斉検挙に御協力下さったので、そのお礼方々見舞いに参りました。それじゃあ小清水さんも杉山さんも、こちらの寅寿司の御隠居鈴木さんとは顔馴染みでしたか？

いやあ、全く世間は狭いもんですなあ！」

先にゴソゴソとベッドから起き上がっていた寅次の面前で、愉快そうな笑い声を発した。

ただあの大捕り物をドアの隙間から覗いていたという清子は、あの晩、一〇五号室に入った新貝に気付かず今日が初対面だったらしい。

「清ちゃん、直ちゃん、態々お越し頂くこともなかったのに悪かったたな。何、血圧が少し高かっただけで今はすっかり元通り。大袈裟に救急車で運ばれる程もなかったんだがな、心配掛けて済まん」

「そんならよかったけどねえ。寅さんも私等と同年で似た者同士、気ばかり若くても年は誤魔化せんよ。

刑事さん達までが見舞いに来てくれるなんざ光栄の至り。大手柄だったとはいえ年寄りの冷や水だわ。頼むから御隠居探偵だけは、もう止めてよな！」

清子は持ち前のお節介根性でクドクドと寅次に説教していたが、その序でに傍らでニヤニヤしている刑事二人に興味を持ち方向転換、アレコレと質問を浴びせ始めた。

「刑事さん、お初にお目に掛かりますが、実はうち、いや私はあの一〇五号室の隣、一〇三号室に住む岡島清子と申します。刑事さん方の素晴らしい働きを陰ながら見学させて頂きました。世の為人の為、本当に御苦労でした。だけどまさかお隣が悪人のアジトだとは、ちっとも気付きませんでしたよ。あの男達はアチコチで相当悪質な詐欺を働いていたんでしょうね？」皿の様な目でジロジロ見られ、新貝も仕方なく口を開いた。

「ハア、殺された中谷がリーダーでしたが、生憎、被害者情報の得られる携帯が出てきておらず、須賀容疑者の足取りも未だ不明です。

これ以上は申し上げられませんが、同類仲間の一人があの手この手で結婚詐欺なども働いていたと判明しました。個人情報なので被害者が何処の誰とも申せませんが」

「へーッ、何処の誰とも？　とにかく須賀さんが事件の鍵を握っているんだわ。早く自首して情報提供になる中谷の携帯も見せてくれれば、きっと罪も軽くなるのにね。それはそうと寅さんには警察から御褒美が出るんでしょ？　元はといえば寅さんに一〇五号室の騒音を知らせた協力者である私にも、何か一つ位記念品が頂けないものでしょうかね？」

直美は清子の勝手な言い分を隣でヒヤヒヤしながら聞いていたが、流石に最後の言葉は図々しいと思った。

刑事達二人も返事に困ったのか、ベッドの脇に見舞い用の篭盛りをサッと置くと、それを合図に黙ってアタフタと帰ってしまった。

「じゃあ寅さん、お大事に。退院後はお花見旅行の相談しながら、快気祝いをしましょう。楽しみにしているわ」

「そうだね、直ちゃん。でも寅さんは働き過ぎで大変お疲れだから、この機会に病院でゆっくり養生した方がいいよ」

寅次は黙って苦笑していたが、清子と直美は五人分の見舞金入り封筒を寅次の枕元に置き、そっと病室から失礼した。

しかし新貝が言う様に、もし中谷の携帯が出てくれば、自分への詐欺未遂も一度に表沙汰になるのでは？

別に罪を犯した訳でもないのに何故かドキドキした。それに今さら、あの夜一千万円を持ちノコノコと梅林公園へ出掛けて行ったとは、ばつが悪く誰の前でも到底言い出せるものではなかった。後ろめたさを抱えたまま、暗い気持ちで帰宅する羽目になったのである。

やがて直美も美香の家族も待ち兼ねていた特別の日曜日が来た。英信が大阪から彼女を連れてやって来たのだ。

「母さん、美香、みんな元気だった？　紹介するよ。こちらが今の会社の後輩で、藤先百合さんです！」

「藤先と申します。初めまして。今日は宜しくお願いします。英信さんには以前から仕事について色々御指導頂いているんですよ。お母さん、美香さん、それに喫茶オレンヂの話は英信さんからよく聞いています」

「マアマア、ようこそ！　英信が大変お世話になっています。むさ苦しい所で何のお構いも出来ませんが、取り敢えず二階へお上がり下さい」

明るく笑顔の爽やかな娘さんだった。あの時英信に成りすました詐欺師から聞いた彼女のイメージとは違っていてホッとした。それは当然だったのだが、頭にこびり付いていて不安だったのだ。これもずっと引き摺っている事件の後遺症だった。

二階の八畳間には既に食事の用意が調っていた。

美香の夫誠一も一人息子の勇一を連れ上がってくると、美香が百合に座布団を勧め、賑やかな家族の昼食が始まった。

「婆ちゃん、僕いくらがいい。いくらを巻いてよ」

「ハイハイ、勇一ったら、いくらや納豆巻が好きだったわね。近頃の子供は贅沢よねえ。私達の頃は卵焼きが一番の御馳走だったのに。

アッ、今日は手巻き寿司なのよ。英信も百合さんもセルフで悪いけど好きな具をアレンジしてね」

「こちらは母さん特製の茶碗蒸し、寅寿司の御隠居さんに隠し味を教わったんですって。百合さんもどうぞ召し上がってみてね！」

百合と美香、その夫の誠一も初対面ながら、年も近い所為かすぐに親しくなり打ち解けた。

「英信に聞いていらっしゃると思うけど、一階で喫茶店を営業してるのよ。私も今のところは元気なので健康な内は美香を手伝って頑張ろうと思ってるの。

それで大阪の御両親はいかがですか？　お元気なんですか？」

つい気になってそんな言葉が口を衝いた。

「アッ、母さん、急な事で百合さんの御家族について何も知らせてなくて御免！」

すると百合が返事をする前に英信が気を遣って先に話し出した。

「大阪西九条に御自宅があり、お父さんは元大学教授、お母さんは華道の師匠、弟さんは外資系の一流企業に勤務していて、今ニューヨーク支店にいるそうだ。

家族の皆さん、それぞれ忙しそうだけどお元気だよ」

「エッ？　お父様もお母様もお元気なの？」

「ハイ、といっても父は定年退職後、非常勤講師をしてますし、母にしても趣味程度の資格なので、お弟子さんは近所の主婦などが五～六人遊びに来てくれる位です。弟は運良く何とか海外で頑張っていますが。英信さんは大袈裟に言っているだけで別に普通の家庭です。どうぞ気になさらずに」

「母さん、一～二年後には僕は名古屋本社に戻して貰えるそうだよ。百合さんは、その時大阪支社を辞めて一緒に付いてきてくれるんだ。

それで急な話だけど今年の秋には結婚式を挙げたいんだ。勿論会費制でリーズナブルにするつもりだけど」

真剣そうな英信の言葉に直美はアングリと口を開けるばかりだ。

「エエッ、それはマア、急な話ね！　でも英信がそのつもりなら母さんも大賛成よ。でも貯金はないんでしょ？　足りない分は立て替えてあげるわ」

「心配御無用だよ！　僕達二人で相談してなるべく親に負担を掛けない様にと決めてるんだ。それよりオレンヂのリフォーム代に結構費用が掛かるんでしょ？

美香からその話は聞いてるよ。そっちの方が大変なんでしょ？　大丈夫？」

「エッ、そう？　その話をもう美香から聞いてるのね？」

あの時、詐欺師から英信だと言って掛かってきた電話とは、全く逆の喜ばしい内容だった。しかし何故英信の結婚の話まで詳しく家の事情を知っていたのかが、どうしても腑に落ちなかった。

「それはそうと本社勤務の先輩、棚橋さんはお元気なの？」

「棚橋さん？　ウン、相変わらず元気だよ。つい先日も電話で話したんだけどね、この近くの梅林公園で二〜三週間前、殺人事件があったんだって?」

何と英信の方から事件の話を切り出してくれた。

「実は殺害されたという男と棚橋さんは、ちょっとした知り合いでね。奴は健康器具の訪問販売をしていて、お義理にマットレスを一つ買ったら、その後何かと付き纏われ、棚橋さんは困ってたらしいよ」

「フーン、あの中谷が訪問販売を?」

「余りしつっこく頼むので僕を含めて数人の友人を紹介したらしい。その所為で一〜二ヶ月前位に電話が掛かってきたけど僕は断ったよ。

棚橋さんから実家の喫茶店オレンヂのことなど色々聞いてたらしいし、僕にも個人的な話を根掘り葉掘り。いやに人懐っこくて往生したよ。ただその後になって奴の会社が倒産して生活に困ってたそうだ。

奥さんとも上手くいかなくなるし、借金まみれになり、何か悪の道に足を突っ込んだという話だったよ」

「マアッ、そうだったのね。それで殺された中谷は梅林公園で俺々詐欺を?」

「エッ? そこまで詳しくは聞いてないけど、母さん名前までよく知っているね? 何か買わされたとか話したことでもあるの?」

「アッ、イイエ、飛んでもないわ。全然関係ないんよ!

それよりまだ酢飯が沢山残ってるじゃない。手巻きにしてあげるから帰りの新幹線の中で食べたらどう?」

咄嗟に話を逸らし慌てて首を横に振った。

そして英信と百合は食事後一～二時間談笑してから、三時頃本社に立ち寄る用事があると言って名残惜し気に腰を上げた、お盆には又二人で来るからと笑顔で手を振りながら。

こうして自分の詐欺未遂の件は英信にも言い出せる状況ではなかったが、それでも中谷の犯行までの事情はやっと納得出来た。

それで中谷がリフォーム代のことも英信から聞いたのだろうか?

とにかく一千万円は無事でよかったとホッとしていると、そこへ美香が目を吊り上げ口を尖がらしてやって来た。

「母さん、これ見てよ。車の運転席の下に落っこちてたわ。踏み潰さなくてよかった。これからは気を付けてよね!」

見れば美香の手の平には、あの懐しいベッコウの髪留めが宝物の様にキラキラと輝いている。

「エーッ、アチコチ捜したのに運転席の下なら灯台下暗し、やっぱり視力も弱ってるのね。美香、有り難う。これからはしっかり頭に付けて大切にするね!」

美香の前で平謝りはしたが、よく考えてみれば今日は事件以来、英信の話といい、何とラッキーな一日だったろうか!　やっと明るい気分になり美鳥のくれた美味しそうなオレンジの油絵を見上げた。

それから数日後、三月も半ばになってくると、日差しも暖かくようやく春らしくなってきた。

「ホーッ、美鳥ちゃんの絵、新春市民展覧会に入選したんだって？　よく頑張ったな。この紅白梅の絵も風情があって素晴らしい。有り難う！」

「寅さん、美鳥ちゃんは凄いでしょ？　今日は最高の快気祝いじゃない！」

この日、姥桜五人組は毎度の如く、寅寿司に集合していたが面白可笑しく美鳥と寅次を祭り上げた。

「有り難う、みなさん！　みんなに励まされてやっとここまで頑張れたわ。

それに最近の新薬のお陰で足のリウマチも少し回復してきたの。この調子なら今度のお花見旅行には行けそうよ！」

「エーッ、美鳥ちゃん、よかったね。須賀さんも絵が入選したと聞けば、きっと喜ぶよ。そういえば彼女自首したと聞いたよ！　警察から早く戻れるといいんだけど！」

食事後になれば寅次も顔を見せ、お決まりの重要座談会であった。

「実はそのお、その須賀さんのことなんだけどさ」

先程から珍しく静かに控えていた時江が徐に口を開いた。

「偶々夜遅く公園のベンチで泣いているのに出会した家のダンナが、同情して話を聞いてやったり、パチンコに連れて行ったりして慰めていたんだと。

それで須賀さんとは男女関係もないし、ダンナには最初から彼女なんかいなかったんだよ。私の勘違いでお騒がせして御免！」

ペコリと頭を下げた。

「エッ？　じゃあ佐藤ちゃんが見たのは須賀さんだったの？」

「な〜んだ、そういえば美鳥ちゃんに聞いたけど、須賀さんは中谷に暴力を振るわれよく公園のベンチで泣いていたんだよね？」

清子も直美も時江のまさかの言葉に目を丸くした。

「ホラッ、やっぱり時ちゃんのダンナさんは優しくていい人だったのよ。これで夫婦は仲直り、ハッピーエンドね！」直美は我が事の様に喜んだ。

「それはよかった。時ちゃん、お目出とさん！　ところで春ちゃんだが、例の話はもう大丈夫か？」

何故か寅次が相変わらず手酌酒の春代に向かってそう声を掛けたのだ。するとその前に話を聞いていたらしい清子が春代を庇おうとした。

「寅さん、時ちゃんにも聞いたけど、春ちゃんは気持ちが落ち込んでちょっと魔が差しただけなんよ。

結婚相談員だと思っていた真面目そうな男が本当は特殊詐欺の一員だったなんて、私だってびっくり仰天、天からボタモチだよ！」

「天からボタモチ？」

「その田所とかに『一生お世話させて下さい！』なんて甘い言葉を囁かれ、ついその気になって、へそくりの五十万円を騙し取られてさ。後で刑事が来て、詐欺だと分かったんだ。その五十万円のこともあって春ちゃんはダンナや正志君にこっぴどく怒られてさ！

本当に酷い目にあって反省してるんだから、これ以上責めるのは許してやってよ！」

「エッ？　春ちゃんが悩んでいたあの田所さんが詐欺グループの一員？」

直美は思わず食べかけていたボタモチならぬ大福を喉に詰まらせ咳き込んだ。田所は寅次の見たプルオーバーの男だったらしかった。

あの時もう少し親身になり春代の話を聞いてやっていればと後悔した。しかしすぐ後になって分かったが、雨降って地固まるとは、このことだった。

「春ちゃんのダンナも正志君も最初は酷く怒っていたが、その内意地を張っていた自分達も悪かったと気付いたんだ。

それで正志君は俺の勧める市町村団体主催の婚活パーティーに参加してくれることになったよ」

「へェーッ、流石寅さん、ヤッタネ！」

調子よい掛け声は我が過ちは棚上げ自慢の時江だった。

「大変お騒がせして済まんこって。ここに大穴があれば入りたいよ！」春代は恥ずかしそうで顔が上げられない。

その様子に誰からともなくパチパチと拍手が湧き起こったのだが、その中で突然清子が異様な叫び声を上げた。

「アーッ、ちょっと聞いて！　うちも春ちゃんの福を分けて貰ってさあ、やっと幸運が舞い込んだんだよ」顔を嬉しそうに綻ばせている。

「息子夫婦に念願の第一子が生まれるんだとさ。今まで通り共稼ぎをしたいから、子供のお守りをしに家へ帰ってくれと言われたんよ！」

その代わり畑は潰してうっち専用の離れを一間増築するんだと。それもへそくり目当てだから敵わんわ！」

「エーッ、そうだったの？　今度の詐欺事件のお陰で、きっと息子さん達も清ちゃんの一人暮らしが心配になったんだわ。でもそうなればどっちみちお守りが忙しくて畑どころじゃなくなるって！」

直美も他の三人もやはり自分のことの様に喜び、清子と一緒に声高に笑い合った。

「清ちゃんも目出たく一件落着だが、折角だからグラウンドゴルフは続けるんだろう？孫さんおんぶでも構わんぞ！」

寅次も冗談振って笑っていたが、しかしその後、口調がガラッと変わり真面目な顔をした。

「二～三日前、刑事の新貝から電話があってな、須賀は中谷を殺害後、自分も海に身投げしようとしたが死に切れず、結局警察に自首してきたそうだ。清ちゃんはもう知ってるがな」

「エーッ、寅さん本当!?　それじゃあ須賀さんは無事だったんだ。よかったあ！」

五人は一斉に声を上げ嬉しそうに顔を見合わせた。

「中谷の携帯は先に海に投げ入れてしまい持ってなかったそうだが、彼女は現在妊娠四ヶ月に入っていて産みたかったが、中谷に堕ろせと言われた。

そんな時奴に頼まれ、あの夜、梅林公園へ車で送って行ったのだが、それが原因であの現場で口論になり、カッとして殺意を持った。失業中で金を家に入れないこともあったが、そこらに転がっている大き目の石で後ろから背中や頭を何度も殴打したんだそうだ」

「あの須賀さんが本当に？　中谷は余程酷い男だったのね。くされ縁というか、お気の毒に！」

美鳥は涙ぐみハンケチを顔に当てた。

「須賀の聴取では、中谷はあの場所で誰かと待ち合わせた様子だった。しかし自分はそれが誰とも聞いていないし、犯行後は慌てて逃げ出したので、その相手を見ていない。

ただ駐車場から出る時、白のバンが入ってきて擦れ違い様、危うくぶつかりそうになってしまった。そう言っていたんだと。

その時間は八時少し前だったそうだが」

「エッ？　あの夜八時少し前？」寅次は淡々と話していたが、直美は瞬間顔色を変えた。

そういえばあの時の車は薄グリーンの軽自動車で、よく見掛ける色の車だったが、あれは時々美鳥をオレンジに乗せて来ていた須賀の車だったのか？

「実はな。あの夜八時前後に、俺は直ちゃんに何度も電話したんだよ。土曜三時の予約を三十分早めて貰おうと思ったが、生憎直ちゃんと連絡が取れなかった。何時もなら平日のあの時間帯は部屋でのんびり転がってテレビでも見ている頃だが、風邪でも引いて早寝したのかな？　と少し変に思ったよ」

「エーッ、寅さん、そうだったの？　気付かなくて御免なさい！」

「ウン、それはいいんだがな、俺も乗り掛かった舟で、あれから事件について色々考えてみたよ。中谷が殺害されて何も被害はなかったものの、白いバンといい奴が鴨にしようとしたのは、もしかしてだよ。間違いならゴメンつらつら思うに直ちゃん、あんたじゃなかったのか!?」

「エエッ、寅さん、それはあのその！」

まさかこんな時に？　寅次にズバリ言い当てられた直美は言葉が出ずシドロモドロになった。出来れば無言のまま隠し通したかったのだ。

「翌日の土曜、グラウンドゴルフの集会にオレンジに来た清ちゃんが事件の話をしていたよな？　俺は遠くからそれとなく様子を見ていたが、あの時忙しい仕事中なのにボーッと突っ立って、何時もの直ちゃんらしくなかったぞ！」

そんな二人の会話を耳にした他の四人も何事かと寅次と直美の顔をジロジロ覗き込んだ。

「事情は分からんが、二人の兄妹を苦労して育てた母親の鏡、愛情深い直ちゃんんだ。

大阪にいる英信君の声色で要求されて、矢も盾も堪らず金を持って梅林公園へ飛んで行ったんじゃないか?」

そうまで言われ直美は流石にいたたまれず、ついにここに来て寅次と他の四人の目の前に平伏した。

「寅さん、御隠居探偵様、その通りです。

一千万円を持ち公園へ行ったのですが、英信の先輩、棚橋さんは来ず、白いトレンチコートの男が倒れていて、あんまり驚きそのまま家に帰りました。そんな大事を警察に通報せず申し訳ありませんでした!」

まるで大罪を犯した真犯人の自供の様だったが、仲間四人は思わぬ直美の言葉に驚きポカンと口を開けた。

「エエッ? 一、一千万円!? そりゃあ誰だって驚くわ。直ちゃん、春ちゃんと桁違いだわさ!」

「やっぱりそうか。何があっても一致団結の五人組だ。理屈から言っても、その五分の五の内、五分の一の直ちゃんだけが今度の事件に無関係とは、どうしても思えなかった。これでやっと全件落着だな! アッハッハ」寅次の高笑いが部屋中に響く。

「ハアッ? でも寅さんのその推理は少しおかしい? 自分の思い込みな屁理屈なんじゃないの? いくら私が五分の一だからって?」

直美の可笑しな言い訳に側で話を全て聞いていた清子がさも面白そうにケラケラと笑っ

た。

「私は大分前から知ってたけどさ。そりゃあ寅さんならではの推理だよ。三年前、脳梗塞を患ってから神経とか感覚が少しおかしいんだ。赤や黄色の信号が時々都合でオレンジ色に見えたり、あの参拝ツアーバスだってオレンジ色なんて危なっかしいったらないよ。人柄はいいんだけど本当はアッチコッチもうガタガタ、第六感がどうのと言っても、今度の事件解決もまぐれ当たり、怪我の功名だろうって世間様はおっしゃってるよ！」

「フーン、そうなのか？　でもまあそんなことより」

四人は大爆笑だったが寅次は平気、気にならない様子で話を続けた。

「お人好しの直ちゃんも事件の所為で今までずっと悩んでたんだろうが、春ちゃんや直ちゃんの様な子を想う母親心を利用する卑劣な奴等は絶対許せんぞ！　手口は年々巧妙になってるそうだ。だから直ちゃんも一応警察に出向いて協力した方がいいぞ。罪を犯した訳でもないし、な～にもう事件は解決済みだ。一言二言、気を付ける様にとお叱りを受けるだけで無罪放免だ。俺が付き添ってやるから心配するな！」寅次は強く言い切ったが、その顔や鼻には汗と青筋が浮かんでいて、五人は又脳梗塞が再発するのではとヒヤヒヤした。

「ハイ、有り難う御座います。寅さん本当に申し訳ありません！」

その時の寅次の声がとっくの昔に他界した夫、頼りにしていた勝信そっくりに聞こえ、これも年の所為かと直美はつい涙ぐんだ。

勝信が生きていたら相談出来ただろうし、こんな馬鹿な真似はしなかったがと悔みながら。

「いいから直ちゃん、ドンマイドンマイ。御隠居探偵に警察から褒賞金、金一封が出てさ。

今日の食事代は全部太っ腹寅さんの奢りだよ！

今から又、酒でもジュースでも飲み直そう！　パッと行こうぜ、パッと！」

「オーッ、だけど清ちゃん、そのパッとの前に花見旅行の予定を先に決めちゃおうぜ！」

「異議なし！」酒と聞いた春代が右手を高く挙げると、直美も美鳥も右に倣えだ。

清子と時江の喧しい二人が口火を切れば、他の誰も反対する理由など持ち合わせない。

しかしこんな五人の第二の人生、もう一人寅次を含めて危なっかしくも色でいうとホンノリ、暖かいオレンヂ色かな？

当たり前だが山あり谷あり、それぞれの性格や生きる道も様々だ。

だけど持つべき物は、体力と同時に弱くなる気持ちをしっかり支え合える気の合う友人仲間。

そのお陰で孤独感もなく楽しく、元気エネルギーも湧き出てきたりする。それなら子や孫の為に百歳まででも長生きしたいものだ、直美はそう噛みしめ、心の中でそっと寅次と仲間に感謝した。

「寅さん、毎度めんどう掛けて済まんな。

寅さんが車イスや寝た切りにでもなろうものなら、私等五人が交代で頑張るからな！　奥さん代わりに手取り足取りお世話させて貰うよって安心してや。なあ、みんな！」

春代の精一杯の御愛嬌に一同改めて大笑い。

しかし肝心の、五人のカッコイイヒーロー、寅次だけは却って照れ臭そうに目を逸らし、窓の外に目をやった。

すると夕暮れ時の窓辺は夕焼け小焼け。

綿菓子みたいに膨れたフンワリ雲が、見る見る情熱的なオレンヂ色に染まっていく。

『オーイ、そこで黄昏れてる地球の仲間達よ。お一人様の老後がなんだ！　俺なんか何億年もたった一人孤独に地球を温めてる。え！　それに比べればそこに楽しい仲間がいるじゃないか！　八十、九十、百歳になろうと、温かい友情は若さと健康の秘訣。へこたれず最後まで頑張れよ！』

寅次の目には何故か空の彼方の夕陽がそう呼び掛け、自分達に六人にエールを送ってくれているように思えたのである。

完

著者プロフィール

岬 陽子（みさき ようこ）

愛知県豊田市出身、在住。
「岬りり加」の名で歌手、作詞活動を経てミステリー小説家に転向。
父は今は亡き豊田市の童話作家、牧野薫。
著書
『孤高の扉／終戦までの真実』（文芸社　2014　2編を収録）
『王朝絵巻殺人事件』（文芸社　2016　3編を収録）
『家康の秘密』（文芸社　2018　3編を収録）
『太陽と月のシンフォニー』（文芸社　2019　3編を収録）

ユッキーとフッチーのミステリー事件簿

2021年6月15日　初版第1刷発行

著　者　岬 陽子
発行者　瓜谷 綱延
発行所　株式会社文芸社
〒160-0022　東京都新宿区新宿1－10－1
電話　03-5369-3060（代表）
03-5369-2299（販売）

印刷所　株式会社暁印刷

ISBN978-4-286-22664-4　JASRAC　出2102350－101